나태주 낭송시집

멀리 그대의 안부를 묻는다

나태주 낭송시집
멀리 그대의 안부를 묻는다

지은이 | 나태주
펴낸이 | 김명수
펴낸곳 | 시아북(詩芽Book)
발행일 | 2020년 10월 26일

출판등록 | 2018년 3월 30일
주소 | 대전광역시 동구 대전로839번길 18
전화 | (042) 254-9966, 226-9966
팩스 | (042) 255-5006
E-mail | daegyo9966@hanmail.net

값 12,000원

ISBN 979-11-91108-01-9

* 이 도서의 국립중앙도서관 출판예정도서목록(CIP)은 서지정보유통지원시스템 홈페이지(http://seoji.nl.go.kr)와 국가자료종합목록 구축시스템(http://kolis-net.nl.go.kr)에서 이용하실 수 있습니다.
(CIP제어번호 : CIP2020043062)

나태주 낭송시집

멀리 그대의 안부를 묻는다

시아북
詩芽BOOK

낭송시집을 내면서

낭송은 낭독과는 다릅니다. 낭독이 텍스트를 보면서 낭랑한 음성으로 읽는 것을 말한다면 낭송은 텍스트를 외워서 낭랑한 목소리로 읽는 것을 말합니다. 차라리 그것은 읽는 것이라기보다는 읊는 것이라고 말하는 것이 옳을 것입니다.

'읊다'의 사전 풀이는 이렇습니다. '억양을 넣어서 소리를 내어 시를 읽거나 외다.' 그러니까 낭송은 노래에 가까운 책 읽기라 하겠습니다. 그러므로 시 낭송은 시를 노래하듯이 읊는 것인데 최근 들어 유행하게 된 문화 장르입니다.

시를 쓰는 시인들 편에서는 시 낭송가들에게 많은 신세를 지고 있는 셈입니다. 시인과 독자 사이에서 시를 더 좋은 쪽으로 표현하여 해석하여 독자들에게 전달해주는 분들이 시 낭송가들이기 때문입니다.

언제부턴가 낭송시집을 내고 싶었습니다. 다행히 이번에 도서출판 시아북의 김명수 시인이 나의 시만을 골라 낭송시집을 내겠다는 제안이 왔습니다. 다만 시를 고르는 문제를 내가 단독으로 할 수가 없어서 세 분 시 낭송가들의 도움을 받았습니다.

김형숙 시 낭송가, 오지현 시 낭송가, 이선경 시 낭송가가 시를 고르고 시집의 편제를 짜는 일에 전적으로 수고를 아끼지 않았습니다. 그러므로 이 책은 나의 책이긴 하지만 세분 시 낭송가들의 책이기도 합니다. 감사한 일입니다.

2020년 가을에

나태주 씁니다.

차례

낭송시집을 내면서

1부
살아가는 삶을 위한 낭송시

014___ 대숲 아래서
016___ 빈손의 노래
020___ 된장국
022___ 막동리 소묘
024___ 새 대숲에
026___ 꽃이 되고자
027___ 가을 흰구름
028___ 내 것이로다
030___ 사랑은 2
032___ 별곡집
034___ 산중 서한
035___ 산수유꽃 진 자리
036___ 황홀 극치
038___ 내가 사랑하는 계절
040___ 악수
042___ 다시 산에 와서
044___ 상수리나무 나뭇잎 떨어진 숲으로

045___ 선물 1
046___ 선물 2
048___ 오월에
052___ 가을 어스름
054___ 내가 꿈꾸는 여자
056___ 배회
059___ 추억
060___ 풀잎 속 작은 길
062___ 구절초를 찾아서
064___ 아끼지 마세요
066___ 멀리 그대의 안부를 묻는다
068___ 천천히 가는 시계
070___ 풀꽃
072___ 메꽃
074___ 강물과 나는
076___ 그런 사람으로
077___ 떠나와서
078___ 젖배 곯은 아이 그 그리움
080___ 숲에 들다
081___ 꽃밭
082___ 꼼빠니아
084___ 꽃들아 안녕
085___ 시

2부

살아지는 삶을 위한 낭송시

088___ 섬에서
089___ 기쁨
090___ 자목련꽃 필 무렵
092___ 사랑에 답함
093___ 초춘
094___ 돌계단
096___ 제비꽃
098___ 솔바람 소리 1
100___ 솔바람 소리 2
102___ 솔바람 소리 7
104___ 달밤
106___ 가을 서한 1
108___ 가을 서한 2
110___ 할 일 없이
112___ 담장
114___ 뒷모습
116___ 별것도 아닌 사랑
118___ 명사산 추억
120___ 울지 마라 아내여
122___ 꽃이 되어 새가 되어

123___ 눈부신 속살
124___ 태백선
126___ 별리
127___ 희망 1
128___ 희망 2
130___ 산촌엽서
132___ 풀꽃과 놀다
134___ 나뭇결
136___ 들판
138___ 꽃 피는 전화
139___ 거기 나무가 있었다
140___ 베어지다
142___ 고구마를 먹으며
144___ 겨울 동강
146___ 당신 때문입니다
148___ 귀소
150___ 지하철이 데리고 오는 생각
152___ 외딴집
154___ 겨울밤
158___ 멀리서
159___ 오리 눈뜨다
160___ 가을날

3부

살아내는 삶을 위한 낭송시

164___ 지상에서의 며칠
165___ 난쟁이 나팔꽃을 보며
166___ 어머니 치고 계신 행주치마는
168___ 등 너머로 훔쳐 듣는 대숲바람 소리
170___ 꿈꾸노니
171___ 들국화 1
172___ 들국화 2
174___ 사랑하는 마음 내게 있어도
176___ 오늘의 약속
178___ 비단강 1
179___ 비단강 2
180___ 기도
182___ 겨울 달무리
183___ 그대 떠난 자리에
184___ 3월의 새
186___ 세상에 나와 나는
188___ 드라이플라워
190___ 귀로
191___ 겨울행
192___ 사랑은 혼자서

193___ 사는 일
196___ 너와 함께라면 인생도 여행이다
198___ 멀리서 빈다
199___ 사랑 1
200___ 화이트 크리스마스
202___ 내가 나를 칭찬함
203___ 오늘도 그대는 멀리 있다
204___ 노
206___ 너무 그러지 마시어요
207___ 가슴이 콱 막힐 때
208___ 바다
210___ 눈물나것다
212___ 평화
213___ 장국밥
214___ 흰 고무신을 신고
216___ 등불
219___ 인생
220___ 산거
223___ 난초여 난초여
224___ 멀리까지 보이는 날
226___ 섭리
227___ 꽃
228___ 짧은시 모음

4부

특별한 날을 위한 낭송시

234___ 부여를 꿈꾸며

236___ 축혼시

238___ 1월 1일

240___ 아우내의 별

243___ 공산성

244___ 다시 천년을 넘어

246___ 윤동주 시인

1부

살아가는 삶을 위한 낭송시

대숲 아래서

1
바람은 구름을 몰고
구름은 생각을 몰고
다시 생각은 대숲을 몰고
대숲 아래 내 마음은 낙엽을 몬다.

2
밤새도록 댓잎에 별빛 어리듯
그슬린 등피에는 네 얼굴이 어리고
밤 깊어 대숲에는 후둑이다 가는 밤 소나기 소리.
그리고도 간간이 사운대다 가는 밤바람 소리.

3
어제는 보고 싶다 편지 쓰고
어젯밤 꿈엔 너를 만나 쓰러져 울었다.
자고 나니 눈두덩엔 메마른 눈물자죽,
문을 여니 산골엔 실비단 안개.

4

모두가 내 것만은 아닌 가을,
해 지는 서녘구름만이 내 차지다.
동구 밖에 떠드는 애들의
소리만이 내 차지다.
또한 동구 밖에서부터 피어오르는
밤안개만이 내 차지다.

하기는 모두가 내 것만은 아닌 것도 아닌
이 가을,
저녁밥 일찍이 먹고
우물가에 산보 나온
달님만이 내 차지다.
물에 빠져 머리칼 헹구는
달님만이 내 차지다.

빈손의 노래

1
가을에는 빈 뜨락을
거닐게 하소서.

맨발 벗은 구름 아래
괴벗은* 마음으로
주머니에 손을 찌르고 들길을 돌아와
끝내 빈손이게 하소서.

가을에는 혼자 몸져 앓아누워
담장 너머 성한 사람들 떠드는 소리
귀동냥해 듣게 하소서.

무너져 내린 꽃밭 귀퉁이
아직도 분명 불타고 있을 사르비아꽃 대궁이에
황량히 쌓이고 있을
이국의 햇볕이나
속맘으로 요량해 보게 하소서.

2

들판이 자꾸 남루를
벗기 시작하는데,
나무들이 자꾸 그 부끄러운 곳을
드러내 보이기 시작하는데,

내 그대 위해 예비한 건
동산 위에 밤마다 솟는
저 임자 없는 달님뿐이다.
새로 바른 문풍지에 새어나오는
저 아슴한 불빛 한 초롱뿐이다.

누군가의 어깨가 어둠 속으로 사라져 가는데,
누군가의 발자국이 어둠 속에서 돌아오는데,

이 가을 다 가도록
그대 위해 예비한 건
가늘은 바람 하나에도 살아 소근대는
대숲의 저 작은 노래뿐이다.

아침마다 산에 올라
혼자 듣다 돌아오는
키 큰 소나무
머리칼 젖은 송뢰뿐이다.

3
애당초 아무것도
바라지 말았어야 했던 걸 모르고
너무 많은 걸 꿈꾸다가
너무 많은 걸 찾아다니다가
아무 것도 찾지 못하고 만
이제 또 가을.

문지방에 풀벌레 소리
다 미쳐 왔으니
염치없는 손으로
어느 들녘에 가을걷이하러 갈까?

허나, 더 늦기 전에
나도 들로 내려
드디어 낭자히 풀벌레 소리 강물 된 옆에
실개천 물소리 되어 따라 흐르다가
허리 부러진 햇살이나
주머니에 가득 담아가지고
한나절 흥얼흥얼 돌아올거나.

오는 길에 그래도
해가 남으면
산에 올라 들국화 몇 송이 꺾어 들고
저승의 바닷비린내 묻어오는
솔바람 소리나 두어 마지기 빌려다가
내 작은 뜨락에
내 작은 노래 시켜볼거나.

* 괴벗은 : 〈헐렁한, 풀어진 듯한〉의 뜻.

된장국

어머님.
갑자기 날씨 쌀쌀해진 요즘 며칠
아내가 끓여주는 뜨뜻한 시래기 된장국 먹으니
어머님 생각납니다.
고향 생각납니다.
고향의 그 나날이 비어가는 들판이, 길모퉁이가, 언덕이,
당신의 손등처럼 까칠해져가는 고향의 나무들이 눈에 밟힙니다.
고추밭과 채전밭이, 공동 우물의 맑은 물이 떠오릅니다.

어머님.
올해도 농사는 두루 대풍이고
어머님께서는 고추밭에 매일같이 나가셔서
허리 구부려 저물도록
붉은 고추들을 따고 계신지요.
붉은 고추들을 따서 광우리에 채곡채곡 담고 계신지요.
어머님 굽은 허리 너머로 피어오르는 초가집들의 저녁 연기
집집마다 여전한지요.

어머님.

오늘은 뜨뜻한 시래기 된장국 먹다가

왈칵 눈물이 솟았습니다.

시래기 된장국이 너무 뜨거워서 그런 것만은 아닙니다.

어머님 생각 문득 가슴에 치밀었기 때문입니다.

고향 생각 문득 가슴에 치솟았기 때문입니다.

막동리 소묘

아스라이 청보리 푸른 숨소리 스민 청자의 하늘,
눈물 고인 눈으로 바라보지 마셔요.
눈물 고인 눈으로 바라보지 마셔요.
보리밭 이랑 이랑마다 솟는 종다리.

*

얼굴 붉힌 비둘기 발목같이 발목같이
하늘로 뽑아 올린 복숭아나무 새순들.
하늘로 팔을 벌린 봄 과원의 말씀들.
그같이 잠든 여자, 고운 눈썹 잠든 여자.

*

내버려 두라, 햇볕 드는 대로 바람 부는 대로
때가 되면 사과나무에 사과꽃 피고
누이의 앵두나무에 누이의 앵두가 익듯
네 가슴의 포도는 단물이 들 대로 들을 것이다.

*

해묵은 슬픔에도 새살이 돋고
자르르 외로움에도 윤기가 도는 봄날에
깊은 산 속 아그배꽃 숨어서 핀다.
긴긴 날을 아그배꽃 발 묶여 운다.

*

뻐꾸기 한 울음에 더욱 푸르러지는 산,
뻐꾸기 또 한 울음에 또 한번 깊어지는 산,
뻗어가는 댕댕이 멍가*넝쿨 와르르
산은 무너져서 품 속으로 핏줄 속으로 달겨든다.

*

솔바람 소리 듣고 싶거든 막동리로 오시오,
대숲바람 소리 듣고 싶거든 막동리로 오시오,
솔바람 소리 그 비릿한 목숨의 살향기.
대숲바람 소리 그 나긋나긋 뜨거워 오는 또 하나의 사랑.

* 멍가 : 청미래, 명감나무.

새 대숲에

— 구름이여 꿈꾸는 구름이여 5

새 대숲에
이는 바람
연둣빛
바람
살살
네 귀밑머리
몇 가닥
날리게 하고
네 블라우스 깃

살살
숨쉬 게 하고
네 불 밝힌
웃음도
몇 접시
실어오는가?
새 대숲에
드는 햇볕

그늘 반
눈물 반
여린
새 햇볕.

꽃이 되고자
— 구름이여 꿈꾸는 구름이여 6

내가 여기 있어
꽃이 피는 것이 아니라
꽃이 거기 피어 있어
내가 간다.
꽃을 보러
꽃의 숨소리에 맞춰
내 숨소리 고르기 위하여
꽃한테로 간다.
그래서 나도
꽃이 되고자 한다.
화단이나 꽃병
혹은 화분에 얌전히
피어 있는 꽃이 아니라
여기, 혹은 저기,
아무 뜻 없이
무작위로 피어 있는
그런 꽃이 되고자 한다.

가을 흰구름
— 구름이여 꿈꾸는 구름이여 27

매미 소리
스민
흰구름,

살랑대는
수초 사이
붕어 지느러미
숨어 있는
저기 저
흰구름.

아,
언제나
이마 위
너의
숨소리.

내 것이로다

— 구름이여 꿈꾸는 구름이여 31

고즈넉
가을 풀벌레 울음소리 속에
들어앉은 외로움은
내 것이로다.

한 마리 능구렁이 배암처럼 호사스럽고
징그러운 옷을 입혀서
아무리 나누어 가질래도
네게조차 나누어줄 수 없는
이 외로움,

물같이 흐른다 하자.
유리알같이 차고 맑다고 하자.

가을밤 이슥토록 풀벌레 소리와
푸른 달빛과 나와 마주 앉아서
밀물지는 이 호젓한 기쁨 또한
내 것이로다.

네게조차 나누어 줄 수 없는
내 것이로다.

사랑은 2
— 구름이여 꿈꾸는 구름이여 47

사랑은
거울,

사랑하는 사람을 통해서 보는
또 하나의 나.

사랑은
색안경,

사랑하는 사람을 통해서 보는
물들인 세상.

자수정빛 연둣빛으로
때로는 회색빛으로

사랑은
하늘,

나 혼자서 다다를 수 없는
이상한 나라의 구름층계.

별곡집

풀빛이로다, 얼음 이빨 겨울 한복판
겨우겨우 살아 숨쉬는 여린 푸성귀로다
꿈결 같은 한세상 꿈결같이 살다 가는 길
슬프고 외롭기는 했지만 고맙고 고마웠다고.

*

물오른 버드나무 실가지가
바람 불 때마다 허공에 회초리질한다
아파서 소리 없이 푸르러지는 하늘
먼 산의 진달래도 덩달아 붉어진다.

*

꽃을 보러 갔다가 꽃한테 반해
꽃이 되어버린 사람, 나도 또한
그대 찾으러 갔다가 그대한테 반해
또 한 그루 꽃나무 되어 섰기로 한다.

*

꽃 피는 아침으로 새잎 나는 저녁으로
보고파라 보고파라 애터지는 마음 있어
어느 별에 가면 다시 만나질 수 있을까,
새 꽃잎 새잎 속에 너 또한 울음을 참고 있고녀.

산중 서한

산중에도 봄이 되니 풀이 푸르오. 머언 산, 가까운 산, 산들은 원근遠近에 따라 짙고 옅은 속옷을 갈아입었소. 산새들의 짓거리며 목청도 많이 달라졌소. 쫓기고 쫓으며 산새들은 낭랑한 은방울을 흔드오. 산중의 햇볕은 이제, 껍질 벗긴 호도 속알처럼 오밀조밀하고 고소하오.

산중에 사는 사람이니 별 욕심이 있을 리 없소만, 큰 산 그늘에 작은 산 그늘이 겹쳐지면서, 산새들의 귀소歸巢가 비워둔 하늘에 연지빛 노을이 물드는 저녁은, 산사람들에게 있어서 지향없이 헤매는 한때요. 잊었던 생각 잊었던 사람들의 소식을 듣는 눈물겨운 한때요. 가슴은 잔잔한 강물의 하구河口요.

이어 노을도 스러지고 집난이의 혼들이 의지가지없어 빛을 잃으면, 쑥송편빛 아른아른 밤하늘에 별들이 하나 둘 숨을 쉬며 빛나기 시작하오. 비로소 산사람들의 슬픔은 차겁고도 단단하고 맑은 수정이 되오. 아무도 깨뜨릴 수 없는 참 수정이 되어 풀잎 끝에 맺히오.

산수유꽃 진 자리

사랑한다, 나는 사랑을 가졌다
누구에겐가 말해주긴 해야 했는데
마음 놓고 말해줄 사람 없어
산수유꽃 옆에 와 무심히 중얼거린 소리
노랗게 핀 산수유꽃이 외워두었다가
따사로운 햇빛한테 들려주고
놀러온 산새에게 들려주고
시냇물 소리한테까지 들려주어
사랑한다, 나는 사랑을 가졌다
차마 이름까진 말해줄 수 없어 이름만 빼고
알려준 나의 말
여름 한 철 시냇물이 줄창 외우며 흘러가더니
이제 가을도 저물어 시냇물 소리도 입을 다물고
다만 산수유꽃 진 자리 산수유 열매들만
내리는 눈발 속에 더욱 예쁘고 붉습니다.

황홀 극치

황홀, 눈부심
좋아서 어쩔 줄 몰라 함
좋아서 까무러칠 것 같음
어쨌든 좋아서 죽겠음

해 뜨는 것이 황홀이고
해 지는 것이 황홀이고
새 우는 것 꽃 피는 것 황홀이고
강물이 꼬리를 흔들며 바다에
이르는 것 황홀이다

그렇지, 무엇보다
바다 울렁임, 일파만파, 그곳의 노을,
빠져 죽어버리고 싶은 충동이 황홀이다

아니다, 내 앞에
웃고 있는 네가 황홀, 황홀의 극치다

도대체 너는 어디서 온 거냐?

어떻게 온 거냐?

왜 온 거냐?

천년 전 약속이나 이루려는 듯.

내가 사랑하는 계절

내가 제일로 좋아하는 달은
십일월이다
더 여유 있게 잡는다면
십일월에서 십이월 중순까지다

낙엽 져 홀몸으로 서 있는 나무
나무들이 깨금발을 딛고 선 등성이
그 등성이에 햇빛 비쳐 드러난
황토 흙의 알몸을
좋아하는 것이다

황토 흙 속에는
시제時祭 지내러 갔다가
막걸리 두어 잔에 취해
콧노래 함께 돌아오는
아버지의 비틀걸음이 들어 있다

어린 형제들이랑

돌담 모퉁이에 기대어 서서 아버지가
가져오는 봉송封送 꾸러미를 기다리던
해 저물녘 한 때의 굴품한* 시간들이
숨쉬고 있다

아니다 황토 흙 속에는
끼니 대신으로 어머니가
무쇠 솥에 찌는 고구마의
구수한 내음새 아스므레
아지랑이가 스며 있다

내가 제일로 좋아하는 계절은
낙엽 져 나무 밑둥까지 드러나 보이는
늦가을부터 초겨울까지다
그 솔직함과 청결함과 겸허를
못 견디게 사랑하는 것이다.

* 굴품한 : 〈배가 고픈 듯한〉, 〈시장기가 드는 듯한〉의 충청도 지방어

악수

가을 햇살은
모든 것들을 익어가게 한다
그 품안에 들면 산이며 들
강물이며 하다 못해 곡식이며 과일
곤충 한 마리 물고기 한 마리까지
익어가지 않고서는 배겨나지를 못한다

그리하여 마을의 집들이며 담장
마을로 뚫린 꼬불길조차
마악 빵 기계에서 구워낸 빵처럼
말랑말랑하고 따스하다

몇 해 만인가 골목길에서 마주친
동갑내기 친구
나이보다 늙어 보이는 얼굴
나는 친구에게
늙었다는 표현을 삼가기로 한다

이 사람 그 동안 아주 잘 익었군
무슨 말을 하는지 몰라
잠시 어리둥절해진 친구의 손을 잡는다
그의 손아귀가 무척 든든하다
역시 거칠지만 잘 구워진 빵이다.

다시 산에 와서

세상에 그 흔한 눈물
세상에 그 많은 이별들을
내 모두 졸업하게 되는 날
산으로 다시 와
정정한 소나무 아래 터를 잡고
둥그런 무덤으로 누워
억새풀이나 기르며
솔바람 소리나 들으며 앉아 있으리.

멧새며 소쩍새 같은 것들이 와서 울어주는 곳,
그들의 애인들꺼정 데불고 와서 지저귀는
햇볕이 천년을 느을 고르게 비추는 곳쯤에 와서
밤마다 내리는 이슬과 서리를 마다하지 않으리.
길길이 쌓이는 장설壯雪을 또한 탓하지 않으리.

내 이승에서 빚진 마음들을 모두 갚게 되는 날,
너를 사랑하는 마음까지
백발로 졸업하게 되는 날

갈꽃 핀 등성이 너머
네가 웃으며 내게 온다 해도
하낫도 마음 설레일 것 없고
하낫도 네게 들려줄 얘기 이제 내게 없으니
너를 안다고도
또 모른다고도
숫제 말하지 않으리.

그 세상에 흔한 이별이며 눈물,
그리고 밤마다 오는 불면들을
내 모두 졸업하게 되는 날,
산에 다시 와서
싱그런 나무들 옆에
또 한 그루 나무로 서서
하늘의 천둥이며 번개들을 이웃하여
떼강물로 울음 우는 벌레들의 밤을 싫다하지 않으리.
푸르디푸른 솔바람 소리나 외우고 있으리.

상수리나무 나뭇잎 떨어진 숲으로

오뉴월에 껴입은 옷들을 거의 다 벗어가는 그대여.
가자, 가자.
나도 거의 다 입은 옷 벗어가니
상수리나무 나뭇잎 떨어져 쌓인 상수리나무 숲으로
칡순같이 얽혀진 손을 서로 비비며.

와삭와삭 돌아눕는 낙엽 아래
그동안 많이도 잃어진 천국의 샘물을 찾으러,
가으내 머리 감을 때마다
뽑혀나간 머리카락들을 찾으러.

가자, 가자,
마지막 남은 옷들을 벗기 위하여
상수리 나뭇잎 떨어진 상수리나무 숲으로
이젠 뼈마디만 남은
열 개 스무 개 발가락들 서로 비비며.
열 개 스무 개 마음의 뼈마디들 서로 비비며.

선물 1

하늘 아래 내가 받은
가장 커다란 선물은
오늘입니다

오늘 받은 선물 가운데서도
가장 아름다운 선물은
당신입니다

당신 나지막한 목소리와
웃는 얼굴, 콧노래 한 구절이면
한 아름 바다를 안은 듯한 기쁨이겠습니다.

선물 2

급하게 몇 가지 가지고 나왔습니다
당신 가신다기에 멀리 떠나신다기에
준비 없이 허둥지둥 몇 가지 들고 나왔습니다

책장에서 아끼던 옛날 책 몇 권 빼내고
오래 전부터 간직했던 만년필 한 자루 꺼내고
시간 날 때마다 당신 붓글씨 쓰고 싶다기에
화방에 가 벼루와 먹, 그리고 붓과 화선지
얼만큼 사가지고 와 손 내밉니다

그러나 정작 당신에게 드리고 싶은 것
눈에 보이는 그 어떤 물건이 아니라
눈에 보이지 않는 내 마음이라는 것을
당신도 이미 아시는 일입니다

이것들 드리면서 울먹이는 나를 향해
당신 눈가에 보일듯 말듯 이슬을 만들어내시는군요

그 이슬 나에겐 또 그 어떠한 선물보다
귀하고 값진 선물임을 나는 압니다.

오월에

1

찰랑찰랑
애기 손바닥을 흔드는
미루나무 속잎 속에
초집 한 채가 갇혔다.

하이얀 탱자꽃 내음에
초집 한 채가
또 갇혔다.

들머리밭엔
노오란 배추꽃
바람.

햇살 남매 모여 노는
초지붕 그 아랜
작은 나의 방.

2

치렁치렁
보릿고랑에 바람 흘러간다.
내 작은 마음 흘러간다.

길슴한 보리모개 사이로
보얗게 목이 팬 그리움.
부질없이 화사한 고전의 의상.

웃으며 네가 웃으며
나래 저어 올 것만 같은 날에.
머리칼이라도 조금 날릴 것 같은 날에.

3

푸른 언덕이 뱉어놓은 흰구름덩이.
흰구름덩이 속으로 다이빙해 들어가는
새끼 제비의 비행 연습.

네 생각하다 잠들었다, 오후.
문득 시계풀꽃 내음에 흩어지는
나의 꿈.

4
누군지 모를 이 기다리고 있을까 싶어
언덕에 나와 휘파람 불면
눈썹까지 그득히 고여 오는 한낮의 바다
글썽이며 눈물 글썽이며 따라 나서고
금은의 햇살을 실어 나르는 조각배,
바람만 잡아 돌아온다.
바람만 잡아 돌아온다.

5
바람에 머리칼 날리는
자작나무의 귀밑볼은
희다.

바람에 스커트 자락 날리는
자작나무의 속살은
눈부시다.

바람에 풀어헤친
자작나무의 흰 가슴은
날아갈 듯 부풀었다.

가을 어스름

참나무 잎에 오슬오슬
가을 어스름.

잠든 손자 등에 업고
새 보는 할머니의 가을 해도 저물고
가을 어스름.

고개 너머 저수짓가
처갓집 가는 길목의
외딴 주막집,

꼴짐 받쳐 놓고 들어가
젓가락 장단에 막걸리도 마시는
낡은 주막집,

그 주막집 늙은 작부
해먹은 유행가 소리도 한 곡조쯤 깔려있는
가을 어스름.

중년 사내 목쉰 소리의
노랫소리도 한 곡조쯤 뒤따라서 들려오는
가을 어스름.

내가 꿈꾸는 여자

1
내가 꿈꾸는 여자는
발가락이 이쁜 여자.
발뒤꿈치가 이쁜 여자.
발톱이 이쁜 여자.

정말로 내가 꿈꾸는 여자는
발가락에 때가 묻지 않은 여자.
발뒤꿈치에 때가 묻지 않은 여자.
발톱에 때가 묻지 않은 여자.

그리고 감옥 속에 갇혀서
다소곳이 기다릴 줄도 아는 발을 가진
그러한 여자.

2
그녀의 발은 꽃이다.
그녀의 발은 물에서 금방 건져낸 물고기다.

그녀의 발은 풀밭에 이는 바람이다.
그녀의 발은 흰구름이다.
그녀의 발은
내 가슴을 짓이기기 위해서만 존재한다.
그녀의 발 아래서
나의 가슴은 비로소 꽃잎일 수 있다.
그녀의 발 아래서
나의 가슴은 비로소 흰구름일 수 있다.
금방 물에서 건져낸 물고기일 수도 있다.

배회

1
사랑하는 사람아, 너는 모를 것이다.
이렇게 멀리 떨어진 변방의 둘레를 돌면서
내가 얼마나 너를 생각하고 있는가를.

사랑하는 사람아, 너는 까마득 짐작도 못할 것이다.
겨울 저수지의 외곽길을 돌면서
맑은 물낯에 산을 한 채 비쳐보고
겨울 흰구름 몇 송이 띄워보고
볼우물 곱게 웃음 웃는 너의 얼굴 또한
그 물낯에 비쳐보기도 하다가
이내 싱거워 돌멩이 하나 던져 깨뜨리고 마는
슬픈 나의 장난을.

2
솔바람 소리는 그늘조차 푸른 빛이다.
솔바람 소리의 그늘에 들면 옷깃에도
푸른 옥빛 물감이 들 것만 같다.

사랑하는 사람아,
내가 너를 생각하는 마음조차 그만
포로소름 옥빛 물감이 들고 만다면
어찌겠느냐 어찌겠느냐.

솔바람 소리 속에는
자수정 빛 네 눈물 비린내 스며 있다.
솔바람 소리 속에는
비릿한 네 속살 내음새 묻어 있다.

사랑하는 사람아,
내가 너를 사랑하는 이 마음조차 그만
눈물 비린내에 스미고 만다면
어찌겠느냐 어찌겠느냐.

3
나는 지금도 네게로 가고 있다.
마른 갈꽃 내음 한 아름 가슴에 안고

살얼음에 버려진 골목길 저만큼
네모난 창문의 방안에 숨어서
나를 기다리는
빨강 치마 흰 버선 속의 따스한 너의 맨발을 찾아서.
네 열 개 발가락의 잘 다듬어진 발톱들 속으로.

지금도 나는 네게로 가고 있다.
마른 갈꽃송이 꺾어 한 아름 가슴에 안고
처마 밑에 정갈히 내건 한 초롱
네 처녀의 등불을 찾아서.
네 이쁜 배꼽의 한 접시 목마름 속으로
기뻐서 지줄대는 네 실핏줄의 노래들 속으로.

추억

어디라 없이 문득
길 떠나고픈 마음이 있다
누구라 없이 울컥
만나고픈 얼굴이 있다

반드시 까닭이
있었던 것은 아니다
분명히 할 말이
있었던 것은 더욱 아니다

푸른 풀밭이 자라서
가슴속에 붉은
꽃들이 피어서
간절히 머리 조아려
그걸 한사코
보여주고 싶던 시절이
내게도 있었다.

풀잎 속 작은 길

풀잎은 푸르기만 한 것만은 아니다

풀잎 속엔 가느다란 길이 있어
그 길을 따라서 가면 오두막집
오두막집은 황금빛
노을이 빛부신 석양받이
차마 굴뚝도 세우지 못한

봉숭아꽃은 피고 물밀 듯이
봉숭아꽃은 지고 이제는
씨주머니가 익어 도르르
새까만 씨앗 튀어오르는
토방, 들마루

아이 하나와
하얀 치마 저고리의 아낙네가
봉숭아 새까만 씨앗을
바라보고 있다

왜 둘은 말이 없었을까?
그림자처럼 옛이야기처럼

풀잎은 결코 푸르기만 한 것만은 아니다.

구절초를 찾아서

서리 맞아 새하얗게
피어나는 구절초
몇 송이 만나기 위하여
바람 찬 들길을 혼자서
걷고 걸었다

풀덤불길 지나
물이 마른 개울을 건너
호오이, 들까치 내려앉는
들머리집 봉창의 띠살무늬

기운 가을 햇살의 온기
따스하게 남아 있는
황토 흙담이여

노을빛 진하게 스며들어
익어가는 감나무
알가지에 감알들이여

바람 앞에 시린 가슴 열어놓고
흐느끼는 구절초
몇 송이 만나기 위하여
억새풀꽃 숲길을 울면서
가고 또 갔다.

아끼지 마세요

좋은 것 아끼지 마세요
옷장 속에 들어 있는 새로운 옷 예쁜 옷
잔칫날 간다고 결혼식장 간다고
아끼지 마세요
그러다 그러다가 철지나면 헌옷 되지요

마음 또한 아끼지 마세요
마음속에 들어 있는 사랑스런 마음 그리운 마음
정말로 좋은 사람 생기면 준다고
아끼지 마세요
그러다 그러다가 마음의 물기 마르면 노인이 되지요

좋은 옷 있으면 생각날 때 입고
좋은 음식 있으면 먹고 싶은 때 먹고
좋은 음악 있으면 듣고 싶은 때 들으세요
더구나 좋은 사람 있으면
마음속에 숨겨두지 말고
마음껏 좋아하고 마음껏 그리워하세요

그리하여 때로는 얼굴 붉힐 일
눈물 글썽일 일 있다한들
그게 무슨 대수겠어요!
지금도 그대 앞에 꽃이 있고
좋은 사람이 있지 않나요
그 꽃을 마음껏 좋아하고
그 사람을 마음껏 그리워하세요.

멀리 그대의 안부를 묻는다

행복은 하늘 위에 두둥실 무지개라고 생각했다
산 너머, 산 너머에 있는 거라고 생각해
긴 목을 더 길게 늘이곤 했다
지금 여기에 있는 것이 아니고
어제 거기, 내일 저기에 있다고 생각해
그리워했고 애달파 했고 늘 아쉬워했다
번번이 목이 마르곤 했다

그러나 지금은 아니다
비록 여기에 그대 나와 함께 있지 않을지라도
거기에 그대 잘 있다는 것만으로도
나는 안심이고 평안하고 행복하다
비록 지구 반대편에 그대 있을지라도
함께 지구를 숨 쉬고 지구를 느끼며
하루하루 살아감이 얼마나 고마운 일인가!

그러하다 하루하루다
하루하루의 평안과 안녕과 무사함이 행복이다

그대 거기 잘 있나요?
나 여기 여전히 숨 잘 쉬고 있어요
멀리, 그대의 안부를 묻는다
우리에게 더 이상 가까워질 수 없는
목숨의 거리가 있을지라도
거기 그대 잘 있나요? 나 여기 잘 있어요
스스로 묻고 대답하며 나는 오늘도
그대로 하여 충분히 행복하고 기쁘다

그 위에 무엇을 더 꿈꾼단 말인가!

천천히 가는 시계

천천히, 천천히 가는
시계를 하나 가지고 싶다

수탉이 길게, 길게 울어서
아, 아침 먹을 때가 되었구나 생각을 하고
뻐꾸기가 재게, 재게 울어서
어, 점심 먹을 때가 지나갔군 느끼게 되고
부엉이가 느리게, 느리게 울어서
으흠, 저녁밥 지을 때가 되었군 깨닫게 되는
새의 울음소리로만 돌아가는 시계

나팔꽃이 피어서
날이 밝은 것을 알고 또
연꽃이 피어서 해가 높이 뜬 것을 알고
분꽃이 피어서 구름 낀 날에도
해가 졌음을 짐작하게 하는
꽃의 향기로만 돌아가는 시계

나이도 먹을 만큼 먹어가고
시도 쓸 만큼 써보았으니
인제는 나도 천천히 돌아가는
시계 하나쯤 내 몸속에
기르며 살고 싶다.

풀꽃

1
자세히 보아야
예쁘다

오래 보아야
사랑스럽다

너도 그렇다.

2
이름을 알고 나면 이웃이 되고
색깔을 알고 나면 친구가 되고
모양까지 알고 나면 연인이 된다
아, 이것은 비밀.

3

기죽지 말고 살아봐

꽃 피워 봐

참 좋아.

메꽃

마파람이 몹시 불어 미루나무 숲에서 샘물 퍼내는 두레박 소리가 나는 밤, 그 때마다 약속이라도 한 듯 청개구리 떼를 지어 목을 놓아 우는 밤에, 애기를 낳지 못하는 아내를 위하여 아내와 함께 울었다. 무엇으로도 부족할 것이 없는 당신이 나 때문에 부족한 사람이 되었으니, 다른 여자 얻어서 애 낳고 살라고, 그렇지만 아주 헤어질 수는 없고 서울에다 전세방 하나 얻어주고 생활비 대주고 한 달에 두어 번만 찾아와 준다면, 그것으로 자족하고 살아가겠으니 물러나겠노라 앙탈하는 아내를 달래다가, 나도 그만 아내 따라 울고 말았다.

어디 그게 할 말이나 되냐고, 첫 애기 잘못 되어 여러 번 수술하다 보니 그렇게 된 것이지, 어디 그게 당신 죄냐고 차마 그럴 수는 없는 일이라고, 그러느니 차라리 영아원에 가서 아이 하나 데려다 기르며 같이 살자고, 왜 이런 슬픔이 우리 것이어야만 하느냐고, 남들이 듣지 못하게 작은 목소리로 더욱 작은 울음소리로 느껴 울다가 지쳐 잠이 들었다.

자고 일어난 다음날 아침, 흙담을 타고 올라가 메꽃 한 송이 피어 있는 게, 그날따라 아프게 눈에 띄었다. 밤 사이 우리 울음을 몰래몰래 훔쳐 먹고 우리 눈물을 가만가만 받아먹고, 꺼질 듯한 한숨으로 발가벗은 황토 흙담 위에 피어서 바람에 날리는 메꽃. 그러고 보니 아내 얼굴 또한 누르띵띵하니 부은 게 메꽃같이 보였다. 하긴 아내 눈에 내 얼굴도 메꽃쯤으로 보였으리라. 메꽃! 너, 버려진 땅 아무 데서나 자라, 하루 아침 한 때를 분단장하고 피었다가, 이내 시들고 마는 푸새. 담홍빛 슬픔의 찌꺼기여.

강물과 나는

맑은 날
강가에 나아가
바가지로
강물에 비친
하늘 한 자락
떠올렸습니다

물고기 몇 마리
흰구름 한 송이
새소리도 몇 움큼
건져 올렸습니다

한참동안 그것들을
가지고 돌아오다가
생각해보니
아무래도 믿음이
서지 않았습니다

이것들을
기르다가 공연스레
죽이기라도 하면
어떻게 하나

나는 걸음을 돌려
다시 강가로 나아가
그것들을 강물에
풀어 넣었습니다

물고기와 흰구름과
새소리 모두
강물에게
돌려주었습니다

그 날부터
강물과 나는
친구가 되었습니다.

그런 사람으로

그 사람 하나가
세상의 전부일 때 있었습니다

그 사람 하나로 세상이 가득하고
세상이 따듯하고

그 사람 하나로
세상이 빛나던 때 있었습니다

그 사람 하나로 비바람 거센 날도
겁나지 않던 때 있었습니다

나도 때로 그에게 그런 사람으로
기억되고 싶습니다.

떠나와서

떠나와서 그리워지는
한 강물이 있습니다
헤어지고 나서 보고파지는
한 사람이 있습니다
미루나무 새 잎새 나와
바람에 손을 흔들던 봄의 강 가
눈물 반짝임으로 저물어가는
여름날 저녁의 물비늘
혹은 겨울 안개 속에 해 떠오르고
서걱대는 갈대숲 기슭에
벗은 발로 헤엄치는 겨울 철새들
헤어지고 나서 보고파지는
한 사람이 있습니다
떠나와서 그리워지는
한 강물이 있습니다.

젖배 곯은 아이 그 그리움

이른 아침
새소리가 깨워 일으키는
처마 밑의 고요
두어 마지기

그리고
대숲의 설레임
또 몇 십 리

건너다보면
바람이 빗질하는
실실이 초록빛 물감
풀어 내리는
버드나무

그리고
다박솔나무에 엎질러진
바닷물 소리

어찌 내
마음속에
바다가 없다 하리오

그대여, 창창히 밀물져
일렁이는 내 가슴속으로
돛단배 하나 띄워
오시라

비린내 안고
노을이라도 등에 지고
배 저어 오시라.

숲에 들다

날마다 바람이 와서 비밀한 이야기를 들려주고
새들도 비밀한 노래를 가르쳐주지만
나무는 아무에게도 비밀을 발설치 않고
가슴 속 깊이 감추어둔다

해마다 나무의 나이테가 늘고
위로만 곧게 자라는 까닭이 그것이다
봄이면 새싹이 나고 꽃이 피어나고
여름이면 녹음 우거져
잎이 지고 가을에 열매가 익는
까닭이 바로 그것이다

비밀이 지켜지는 한 여전히
숲은 아름답다
바람도 아름답고 새들도 아름답고
사라지는 개울물 소리며 사람들까지도
숲속에서는 아름다울 수밖에 없다.

꽃밭

봄 어느 날 마당 귀퉁이를 일구고 거름흙을 섞어 아버지가 만드신 한 평짜리 꽃밭에 나는 집집마다 돌아다니며 꽃모종을 얻어다 심었습니다. 꽃들은 좋아라 잘 자랐고 꽃송이도 제법 많이 달아주었습니다. 비 오는 날 같은 때, 아버지는 새로 꽃핀 그것들을 신기한 듯 유심히 바라보시곤 하십니다. 살림에 찌들은 깊은 주름살도 꽃물이 들어, 오랜 중풍으로 병든 신경에도 풀물이 들어 어쩌면 꽃들이 아들딸로 보이시는가…… 아버지는 생땅에 일군 꽃밭이고 우리 형제는 그 꽃밭에 피는 꽃송이들. 그렇게 바라시는 마음, 그렇게 바라며 사시는 하늘같은 마음아.

꼼빠니아

꼼빠니아
해마다 날씨 추워지고
겨울이 찾아오면
어김없이 떠오르는 이름 있다
꼼빠니아 꽃 이름 같지만
옷의 이름
딸아이 고등학교 졸업하고
대학생 되었을 때
내가 사준 겨울 외투의 이름이다
엷은 색 밝은 브라운 톤의 여자 외투
그 옷을 입고
대학 시험도 치르고
대학생 생활도 씩씩하게 해냈다
10년도 더 오래 입다가 낡아진 옷
결혼하고 나서도 한참 동안
보관하고 있었는데
언젠가 버렸다 한다
그래도 옛날 사진 뒤적여보면

어딘가 그 모습 남아 있겠지
그리워라 보고파라
어려서 대학생일 때
딸아이 모습
꼼빠니아 꼼빠니아
겨울 외투 입고 수줍은 듯
자랑스럽게 웃고 있는
딸아이 모습
꼼빠니아 꼼빠니아
꽃 같은 이름
어리고도 사랑스러운
딸아이 같은 이름.

꽃들아 안녕

꽃들에게 인사할 때
꽃들아 안녕!

전체 꽃들에게
한꺼번에 인사를
해서는 안 된다

꽃송이 하나 하나에게
눈을 맞추며
꽃들아 안녕! 안녕!

그렇게 인사함이
백번 옳다.

시

마당을 쓸었습니다
지구 한 모퉁이가 깨끗해졌습니다

꽃 한 송이 피었습니다
지구 한 모퉁이가 아름다워졌습니다

마음속에 시 하나 싹텄습니다
지구 한 모퉁이가 밝아졌습니다

나는 지금 그대를 사랑합니다
지구 한 모퉁이가 더욱 깨끗해지고
아름다워졌습니다.

2부

살아지는 삶을 위한 낭송시

섬에서

그대, 오늘

볼 때마다 새롭고
만날 때마다 반갑고
생각날 때마다 사랑스런
그런 사람이었으면 좋겠습니다

풍경이 그러하듯이
풀잎이 그렇고
나무가 그러하듯이.

기쁨

난초 화분의 휘어진
이파리 하나가
허공에 몸을 기댄다

허공도 따라서 휘어지면서
난초 이파리를 살그머니
보듬어 안는다

그들 사이에 사람인 내가 모르는
잔잔한 기쁨의
강물이 흐른다.

자목련꽃 필 무렵

자목련꽃 필 무렵 부는 바람은
연한 토끼풀꽃 내음과 쑥 내음이
스며 있어서

오래 앓아누운 사람조차
마당으로 나와 서성이게 하고
오래 오지 않던 흰구름도
그 마당 가에 오게 하여
그 사람과 오랜만에 만나게 하고

깔깔깔 깔깔깔
열여섯 열일곱 그 또래의 계집애들
웃음소리도 조금은 숨어서 있다.

울 어머니 소싯적
대청마루 나와 앉아
수틀에 수를 놓고 계시던
반듯한 이마의 가리맛길도

약간은 바래져서 어리어 있다.
약간은 자부름에 겨워서 어리어 있다.

사랑에 답함

예쁘지 않은 것을 예쁘게
보아주는 것이 사랑이다

좋지 않은 것을 좋게
생각해주는 것이 사랑이다

싫은 것도 잘 참아주면서
처음만 그런 것이 아니라

나중까지 아주 나중까지
그렇게 하는 것이 사랑이다.

초춘

대숲에 성근 싸락눈발은
먼 나라에 사시는 당신의 자취.

지층 밖 구천에서부터
길채비해 오시는 기별.

아, 이게 얼마 만인가
댓잎마다 마다에
달뜨고 영그는 생각,
생각들.

저만큼 엄동을 가르며
오다 말고 오다가 말고
차마차마 찾아드는
안타까운 이 소식아.

아직은 초봄이라
당신의 체취
이마에 시립다.

돌계단

네 손을 잡고 돌계단을 오르고 있었지.

돌계단 하나에 석등이 보이고
돌계단 둘에 석탑이 보이고
돌계단 셋에 극락전이 보이고
극락전 뒤에 푸른 산이 다가서고
하늘에는 흰구름이 돛을 달고 마악
떠나가려 하고 있었지.

하늘이 보일 때 이미
돌계단은 끝이 나 있었고
내 손에 이끌려 돌계단을 오르던 너는
이미 내 옆에 없었지.

훌쩍 하늘로 날아가 흰구름이 되어버린 너!

우리는 모두 흰구름이에요, 흰구름.
육신을 벗고 나면 이렇게 가볍게 빛나는

당신이나 저나 흰구름일 뿐이에요.

너는 하늘 속에서 나를 보며 어서 오라 손짓하며 웃고
나는 너를 따라갈 수 없어 땅에서 울고 있었지.
발을 구르며 땅에 서서 울고만 있었지.

제비꽃

1

외할머니 따라
외갓집 가겠다고
떼쓰며 울었다
뒤울안에 숨어서

울다가 심심해
발밑을 보니
파아란 꽃이 웃고 있었다
고 조그만 것이 입을 벌리고.

2

비는 산성 너머서 오고
바람도 산성 너머서 불었다
그래서 아이들은
꽃도 산성 너머서부터
피어온다고 믿었다.

3

소꿉동무도 없이
누나도 없이
토방 밑에서
모시 팔러 장에 간
엄니 기다려
황토흙 마르는 냄새
배가 고플 때
산비둘기도 또한
산성 너머서
혼자 울었다.

솔바람 소리 1

내 예닐곱 살 무렵
책 보퉁이 둘러메고
학교길 오고 가며
소나무 아래 와서 듣던
그 소나무 솔잎에 부서지던
솔바람 소리.

오늘, 어른이 되어
고향에 들른 짬에
다시 와서 들으니
그제 이제 하낫도 변한 것 없는 목청으로
여전히 단군왕검 시절의
태백산맥 줄기를 가로지르던
그 소리 그대로 살아 있음을 듣고
천 년하고도 한 오천 년쯤은
너끈히 살아갈 수 있는
질긴 목숨을 생각한다.

지금도 병풍 속에 앉았다
마악 눈을 털고 날아온
학이 한 마리,
눈 덮인 산하를 가로지르는
그 날갯짓 소리 그대로
하나도 목쉬거나 녹슬지 않게
살아 있음을 듣게 된다.

솔바람 소리 2

마른 길을 가거나
젖은 저자 거리를 가거나
가다가 나 혼자 호젓하면
솔바람 소리 한마디쯤 외워야 했다.

수많은 바람의 안타까운 흐느낌들을
조용히 몸으로 받아 흔들던
그 소나무
내 고향의 그 소나무들.

다 못 푼 울음일랑
죽지 꺾어 앉히면
자수병 열두 폭에
소리하는 여울이 되고
이슬 묻은 하이얀 목련이 되는,

어린 날의 내 어머니
아스므레한 젖 그늘의

지금은 비워둔 술병
그 항아리 배에 덩그러니 스미는 소리.

혹은, 저승에서부터 불러 가지고
기러기 발가락 끝에 동무해 오는
겨울바다 뒤척임 소리……

마른 길을 가거나
젖은 길을 가거나
가다가 외진 골목에선
바람 속에 휘파람 불며 서 있던
내 고향의 솔바람 소리 한 마디쯤
외워야 했다, 외워야 했다.

솔바람 소리 7

소나무에 기대어 하늘을 보면
옥빛 하늘의 틈서리로
쏴아하니 눈을 털며 쏟아지는
옥빛 물보래 꽃보래.

전생의 선도화仙桃花 그늘 아래
바위 아래
둘이 맨 처음 눈 맞추고 얼굴 붉히던
그 때 그 설레임의 물결 그대로

누이야……
네 숱 짙은 속눈썹이며
네 질 고운 이빨이며
희고 도톰하던 귓밥이며가
못물에 어려 여릿여릿
다가오면서 다가오면서……

소나무에 기대어 하늘을 보면
터진 하늘의 가랭이 사이로
검은 머리칼 날리며
말을 지쳐 달려오는 말발굽 소리
네 말발굽 소리여.

달밤

어수룩히 숙어진 무논 바닥에
외딴집 호롱불 깜박이는
산이 내리고

소나기처럼 우는
개구리 울음에
물에 뜬 달이 그만 바스라지다.

달밤.

안개는 피어서 꿈으로 가나,
물에 절은 쌍꺼풀눈
설운 네 손톱을,

한 짝은 어디 두고
홀로이 와서
입안에 집어넣고 자근자근 씹어주고 싶은
네 아랫입술 한 짝을,

눈물 아슴아슴
돌아오는 길.

어디서 아득히 밤뻐꾸기 한 마리
울다 말다 저 혼자도 지치다.
나 혼자 이슬에 젖는 어느 밤.

가을 서한 1

1
끝내 빈손 들고 돌아온 가을아,
종이 기러기 한 마리 안 날아오는 비인 가을아,
내 마음까지 모두 주어버리고 난 지금
나는 또 그대에게 무엇을 주어야 할까 몰라.

2
새로 국화 잎새 따다 수놓아
새로 창호지 문 바르고 나면
방안 구석구석까지 밀려 들어오는 저승의 햇살.
그것은 가난한 사람들만의 겨울 양식.

3
다시는 더 생각하지 않겠다,
다짐하고 내려오는 등성이에서
돌아보니 타닥타닥 영그는 가을 꽃씨 몇 옴큼.
바람 속에 흩어지는 산 너머 기적 소리.

4

가을은 가고
남은 건
바바리코트 자락에 날리는 바람
때 묻은 와이셔츠 깃.

가을은 가고
남은 건
그대 만나러 가는 골목길에서의
내 휘파람 소리.

첫눈 내리는 날에
켜질
그대 창문의 등불빛
한 초롱.

가을 서한 2

1

당신도 쉽사리 건져주지 못할 슬픔이라면
해질녘 바닷가에 나와 서 있겠습니다.
금방 등돌리며 이별하는 햇볕들을 만나기 위하여.
그 햇볕들과 두 번째의 이별을 갖기 위하여.

2

눈 한 번 감았다 뜰 때마다
한 겹씩 옷을 벗고 나서는 구름,
멀리 웃고만 계신 당신 옆모습이랄까?
손 안 닿을 만큼 멀리 빛나는 슬픔의 높이.

3

아무의 뜨락에도 들어서 보지 못하고
아무의 들판에서 쉬지도 못하고
기웃기웃 여기 다다랐습니다.
고개 들어 우러르면 하늘, 당신의 이마.

4

호오, 유리창 위에 입김 모으고
그 사람 이름 썼다 이내 지우는
황홀하고도 슬픈 어리석음이여,
혹시 누구 알 이 있을까 몰라…….

할 일 없이

할 일 없이

상수리나무 숲
가랑잎에 일어서는
헐벗은 바람 소리나 듣다가,

할 일 없이

파아란 보리밭
보리밭 위에 떨어지는
귀떨어진 햇볕이나 눈여겨 보아주다가,

고작 나는
탱자울에 흩어지는 참새떼.
불방맹이 아이들이 태운 논둑길.
재티 위에 앉은 쇠눈.

그림자나 길게 키워
돌아옵니다.
철없는 솔바람 소리나 앞세워
돌아옵니다.

할 일 없이

기우는 해.
적적한 목숨.
서러운 사랑.

담장

바람 불어
담장 안에
민들레 씀바귀꽃
찾아온 나비
나비, 하느적이는
하얀 날갯짓

바람 불어
담장 너머
어화 딸랑 어화 딸랑
빠르게 멀어지는
상두꾼 매김 소리

무슨 바쁜 일
그리 많이
있으시올지……

아까부터
누군가 이쪽을
눈여겨본다 싶었는데
아침에 핀 메꽃 한 송이
내 이마 위에 눈빛 도장
찍고 있는 게 아닌가!

— 그 보오얀 살눈웃음.

뒷모습

뒷모습이 어여쁜
사람이 참으로
아름다운 사람이다

자기의 눈으로는 결코
확인이 되지 않는 뒷모습
오로지 타인에게로만 열린
또 하나의 표정

뒷모습은
고칠 수가 없다
거짓말을 할 줄 모른다

물소리에게도 뒷모습이 있을까?
시드는 노루발꽃, 솔바람 소리,
찌르레기 울음소리에게도
뒷모습은 있을까?

저기 저
가문비나무 윤노리나무 사이
산길을 내려가는
야윈 슬픔의 어깨가
희고도 푸르다.

별것도 아닌 사랑

사랑 그것, 별것도 아니다

어색하게 손을 잡고 있을 것도 없이
다만 한자리 마주 앉아
가볍게 이야기를 나눈다든가 웃는다든가
그러다가 두 눈을 마주 보며 눈물 글썽이기도 하는 것
그보다 더 큰 것이 아니다

사랑 그것, 멀리 있는 것도 아니다

온다고 하고는 쉽게 나타나지 않는 시간
지루하게 기다리면서 가슴 조린다든가
문득 네가 문을 열고 얼굴 내밀 때
가슴 덜컥 내려앉으면서 반가운 마음
그것에 더가 아니다

혼자 길을 가다가 구름을 보았다든가
바람에 몸을 흔드는 나무를 만났다든가

빈 하늘을 그냥 멍하니 우러를 때
까닭도 없이 코허리가 찌잉해지면서
눈물이라도 번진다면 그것이야말로
가슴속에 사랑이 집을 지었다는 증거

그렇다면, 그렇다면 말이다
사랑 그것은 별것이 아닌 것도 아니다.

명사산 추억

헛소리하지 말아라
누가 뭐래도 인생은 허무한 것이다
먼지 날리는 이 모래도 한때는 바위였고
새하얀 조그만 뼈 조각 하나도 한때는
용사의 어깨였으며 미인의 얼굴이었다

두 번 말하지 말아라
아무리 우겨도 인생은 고해 그것이다
즐거울 생각 아예 하지 말고
좋은 일 너무 많이 꿈꾸지 말아라
해 으스름 녘 모래 능선을 타고 넘어가는
어미낙타의 서러운 울음소리를 들어 보아라

하지만 어디선가 또다시 바람이 인다
높은 가지 나무에 모래바람 소리가 간다
가슴이 따라서 두근거려진다
그렇다면 누군가 두고 온 한 사람이 보고 싶은 거다

또다시 누군가를 다시 사랑하고 싶어
마음이 안달해서 그러는 것이다

꿈꾸라 그리워하라 깊이, 오래 사랑하라
우리가 잠들고 쉬고 잠시 즐거운 것도
다시금 고통을 당하기 위해서이고
고통의 바다 세상 속으로 돌아가기 위함이다
그리하여 또다시 새롭게 꿈꾸고 그리워하고
깊이, 오래 사랑하기 위함이다.

울지 마라 아내여

울지 마라 아내여
세상에 나 없다고
울지 말아라
언제까지나 우리가
같은 하늘 같은 세상
살 수는 없지 않느냐

그렇지만 아내여
함께 해온 많은 날들
어찌 우리가 잊을 수 있겠느냐
많은 날들 하나같이 눈물겹고
찬란하여 무지갯빛
고맙고 고마웠구나

서툴게 시작한 우리들
2인 3각 경기
넘어지고 자빠지고
때로는 아웅다웅 다투고

울다가 돌아서서 쑥스럽게
웃기도 했지

어쩌면 인생살이
좋은 일만 바랐으랴
더러는 힘겹기도 하고
소태같이 쓰디쓴 날들
지나고 보면 그 또한 좋았다
좋았다고 말을 하느니

나 없이는 세상 일
그 무엇도 겁을 먹는 아내여
어찌하면 좋으랴
그대 두고 가는 길
그렇지만 너무 많이 힘들어하고
너무 많이 울지는 말아라.

꽃이 되어 새가 되어

지고 가기 힘겨운 슬픔 있거든
꽃들에게 맡기고

부리기도 버거운 아픔 있거든
새들에게 맡긴다

날마다 하루해는 사람들을 비껴서
강물 되어 저만큼 멀어지지만

들판 가득 꽃들은 피어서 붉고
하늘가로 스치는 새들도 본다.

눈부신 속살

담장 위에 호박고지 가을볕 좋다
짜랑짜랑 소리 날 듯 가을볕 좋다
주인 잠시 집 비우고 외출한 사이
집 지키는 호박고지 새하얀 속살

눈부신 그 속살에
축복 있으라.

태백선

두고 온 것 없지만 무언가
두고 온 느낌
잃은 것 없지만 무언가
잃은 것 같은 느낌

두고 왔다면 마음을
두고 왔겠고
잃었다면 또한
마음을 잃었겠지

푸른 산 돌고 돌아
아스라이 높은 산
조팝나무꽃 이팝나무꽃
소복으로 피어서 흐느끼는
골짜기 골짜기

기다려줄 사람 이미 없으니
이 길도 이제는
다시 올 일 없겠다.

멀리

우리 다시는 만나지 못하리

그대 꽃이 되고 풀이 되고
나무가 되어
내 앞에 있는다 해도 차마
그대 눈치채지 못하고

나 또한 구름 되고 바람 되고
천둥이 되어
그대 옆을 흐른다 해도 차마
나 알아보지 못하고

눈물은 번져
조그만 새암을 만든다
지구라는 별에서의
마지막 만남과 헤어짐

우리 다시 사람으로는 만나지 못하리.

희망 1

그대 만나러 갈 땐
그대 만날 희망으로
숨쉬고

그대 만나고 돌아올 땐
그대 다시 만날 날을 기다리는
희망으로 또한 나는
숨쉽니다.

희망 2

날이 개면 시장에 가리라
새로 산 자전거를 타고
힘들여 페달을 비비며

될수록 소로길을 찾아서
개울길을 따라서
흐드러진 코스모스 꽃들
새로 피어나는 과꽃들 보며 가야지

아는 사람을 만나면 자전거에서 내려
악수를 청하며 인사를 할 것이다
기분이 좋아지면 휘파람이라도 불 것이다

어느 집 담장 위엔가
넝쿨콩도 올라와 열렸네
석류도 바깥세상이 궁금한지
고개 내밀고 얼굴 붉혔네

시장에 가서는
아내가 부탁한 반찬거리를 사리라
생선도 사고 채소도 사 가지고 오리라.

산촌엽서

고개
고개 넘으면
청산

청산
봉우리에 두둥실
향기론 구름

또닥또닥
굴피 너와집에
칼도마 소리

볼이
붉은 그 아이
산처녀 그 아이

산제비꽃 옆
산제비꽃 되어
사네

산벚꽃 옆
산벚꽃 되어
늙네.

풀꽃과 놀다

그대 만약 스스로
조그만 사람 가난한 사람이라 생각한다면
풀밭에 나아가 풀꽃을 만나보시라

그대 만약 스스로
인생의 실패자, 낙오자라 여겨진다면
풀꽃과 눈을 포개보시라

풀꽃이 그대를 향해 웃어줄 것이다
조금씩 풀꽃의 웃음과
풀꽃의 생각이 그대 것으로 바뀔 것이다

그대 부디 지금, 인생한테
휴가를 얻어 들판에서 풀꽃과
즐겁게 놀고 있는 중이라 생각해보시라

그대의 인생도 천천히
아름다운 인생 향기로운 인생으로
바뀌게 됨을 알게 될 것이다.

나뭇결

운문사 만우당
스님들 조강하게 드나드시는 쪽마루
가끔씩 들를 때마다
더욱 고와지고 또렷해지는
마룻바닥의 나뭇결

스님들 발길에 스치고
스님들 걸레질에 닦여서
서슬 푸른 향기라도 머금을 듯
뼈무늬라도 일어설 듯

가장 정갈한 아침 햇살이 말려 주고
가장 조용한 저녁 별빛이 쓰다듬어 주어
더욱 선명해지고 고와진
마룻바닥의 나뭇결

사람도 저처럼
나이 들면서 안으로 밝아지고 고와져

선명한 마음의 무늬를 지닐 수는 없는 일일까
향내라도 은은하게 품을 수는 없는 일일까.

들판

들판은 오늘도
고마우신 어머니다

살랑살랑 손 까불러 향기로운
들깻잎 몇 장을 거저 주시며
애야 이것을 가져다 맑은 물로 씻어
저녁상에 올리려무나
또 이것도 가져다가 된장국을 끓여
맛있게 먹도록 하려무나
호박잎 애기 손바닥도 몇 장
얹어주신다

뿐이신가
장마철에 우거진 풀섶길도
두어 마장 조심스레 열어 보여주시며
애야 한동안 네가 찾아오지 않아
나의 길이 그만 세상에서
지워질 뻔했었구나

날으는 고추잠자리며 풀무치도 몇 마리
보여주신다

들판은 오늘도
인자하신 어머니다.

꽃 피는 전화

살아서 숨 쉬는 사람인
것만으로도 좋아요
그러엄, 그러문요
그냥 거기 계신 것만으로도 참 좋아요
그러엄, 그러문요
오늘은 전화를 다 주셨군요
배꽃 필 때 배꽃 보러
멀리 한번 길 떠나겠습니다.

거기 나무가 있었다

언제부턴지 모르게 거기 한 그루 나무 서 있었다. 봄이면 새 이파리 내밀고 여름이면 새 가지를 키워 높다라이 하늘 닿게 자라다가 가을이면 이파리를 떨구고 겨울이면 묵상하는 사람처럼 고개 숙여 서 있을 따름인 나무. 오랜 날들이 그렇게 흘렀다. 사람들은 나무 아래를 지나쳐 대처大處에 나가기도 하고 집으로 돌아오기도 했지만 거기 나무가 있다는 것을 까맣게 잊고 살았다. 가끔 나무 아래에서 고달픈 다리를 쉬거나 햇빛을 피하기 위해 앉아 있기도 했지만 거기 나무가 그렇게 있다는 사실을 자주 잊어버리곤 했다. 많은 날들이 또 그렇게 흘렀다. 그러던 어느 날 무슨 까닭으론지 나무가 베어지고 말았다. 나무가 베어진 뒤 비로소 사람들은 알게 되었다. 아, 저기에 나무가 있었었구나. 그것도 키가 하늘 닿도록 아름드리 커다란 나무가 있었었구나.

사람들 마음속에 커다란 나무 한 그루씩 심겨진 것은 그 뒤의 일이었다.

베어지다

또 한 그루 나무가 베어졌다

우리 아파트 좁은 화단에
까치발로 섰던 가문비나무
함께 살며 20년 넘게
나의 친구였던 나무 한 그루가
오늘 아침 관리인의 톱날에
가뭇없이 넘어갔다

사람들은 모른다
그 나무 20년 동안 우리들을 지키며
우리의 정다운 이웃이 되어준 것을
사철을 두고 푸른빛으로
우리에게 사랑과 우정과 희망의 메시지를
끊임없이 주었던 것을

오늘 아침 우리 아파트 화단에서
가문비나무 한 그루 또 사라졌다

내 맘속에 들어와 살던
20년 나의 친구가 또 쓰러진 것이다.

고구마를 먹으며

지금도 고구마를 먹으면
가을, 맑고 푸른 가을 하늘 떠오른다
할머니 생각난다

어려서 배고플 때
더위가 한풀 꺾이고 매미소리
수풀같이 우거졌던 매미소리도 스러지고
보리쌀도 바닥이 나
점심 굶고 멍하니 흐린 하늘이나 바라보고 있을 때
할머니, 바닷가 마을에 사는 고모네 집에 가
고구마, 햇고구마, 몸통이 붉으레하고
삶은 밤 맛이 나던 밤고구마 한 보따리
머리에 이고 호이호이 삼십 리 길 걸어 와
마루바닥에 탕 소리나게 내려놓은 뒤
무쇠 솥에 쪄서 김 무럭무럭 나는 고구마
자랑스럽게 한 자루씩 손에 받아 쥐고 먹을 때
어쩐지 하늘이 맑고 푸르게 보이기 시작했으므로

그런 뒤로 며칠 지나 가을이
정말 가을이 기적처럼 찾아왔으므로

지금도 고구마를 먹으면
할머니 생각 떠오른다
가을, 맑고 푸른 가을 하늘 생각난다.

겨울 동강

세상한테 잊혀진다는 것은 얼마나
쓸쓸하고 슬프고 분한 일이겠냐!
겨울 아침 안개 자욱한 날은 수풀 속을 헤치듯
안개 속을 울먹이며 쏘다녔다

골짜기 나무들도 세상한테 잊혀질까봐
마음 조아린 일 있을까?
강바닥에 낮게 엎드린 자갈돌들은 어떠하고
깎아지른 절벽 바위들은 또 어떠하고
하늘은 또 어떠할까?

오래도록 햇살은 퍼져 오지 않았다
가까이 인기척 하나 없고 가끔씩 새소리만
안개수풀 너머 어딘가에서 들려왔다
정말로 세상으로 기우는 마음을 뿌리째 도려내고
살아갈 수 있을까?

어느덧 발길은 민박집으로 향하고 있었고
안개 또한 조금씩 뒷모습을 보여주고 있었다.

당신 때문입니다

하루를 살아도 나
곱게 숨 쉬는 사람임은 오로지
당신 때문입니다

뜨는 해를 보아도
작은 풀꽃 한 송이를 보아도
길가다 문득 새소리를 듣다가도 나
눈물 글썽이는 소년임은 그 또한
당신 때문입니다

안타깝기도 하고 때로는
서럽기도 한 이승에서의 날들
하지만 쉬이 놓을 수 없었음은 역시
당신 때문입니다

맑게 살아라
소리 없이 흐르는 강물처럼
기도처럼 살아라

나 하루를 살아도
아름다이 마무리하고 싶음은
오로지 당신 때문입니다.

귀소

누구나 오래
안 잊히는 것 있다

낮은 처마 밑
떠나지 못하고 서성대던
생솔가지 태운 냉갈내며
밥 자치는 냄새

누구나 한번쯤
울고 싶은 때 있다

먹물 와락
엎지른 창문에
켜지던 등불
두세두세 이야기 소리

마음 먼저
멀리 떠나보내고

몸만 눕힌 곳이 끝내
집이 되곤 하였다.

지하철이 데리고 오는 생각

휘익, 음습한 바람이 한 차례 불고
아주 멀리서부터
눈에 불을 켠 커다란 지네 한 마리가
빠르게 돌진해 온다

사뿐, 내 앞에 멈추어 서고
지네는 몸통 마디마디 비늘을 열고
꾸역꾸역 사람들을 쏟아내 놓고
서 있던 사람들을 안으로 빨아들인다

다시 한 번 휘익, 음습한 바람이 불고
꼬리에도 불을 켠 지네는 또
빠르게 사라져 간다

기다리지 않는 불행처럼 왔다가
그리운 날들처럼 사라져 가는
길고 긴 몸통을 가진 거대한 지네

그는 끝내 내가 보고 싶어하는 사람을
데려다주지 못한다

회색빛 바람이 불고
더 많은 사람들이 스쳐 지나가고
더 많은 절지동물들이 으르렁거리며 달려가고
그날 나는 오래 그 자리에 혼자 서 있었다.

외딴집

새 물맛 따라 물고기 오르듯
흐느적흐느적 나비 날개가 이끌어 찾아간
조보장한 길섶
강낭콩 꼬투리는 벌써 익어 옹골차고
옥수수나무는 키를 넘게 자랐다
옥수수나무는 큰 칼을 차고 도열한 병정
시퍼렇게 날선 칼을 뽑아
스적스적 바람을 베어내는 병정
감자 꽃도 때를 만나 이미 흐드러졌다
감자 꽃 하얀 꽃 더러는 보랏빛
누가 감자 꽃을 꽃이라 부르는가
그래도 감자 꽃은 감자 꽃
옥수수밭에 반쯤 가려지고
감자 꽃에 반쯤 더 가려진 외딴집
개가 짖는다
사람 소리 들린다
아이 웃는 소리도 섞인다
나는 한번 큰 숨을 내쉬었다 들이쉰다

나의 몸속으로 강낭콩 꼬투리가 들어오고
옥수수밭이 들어오고
감자 꽃도 들어온다
나는 강낭콩 꼬투리가 된다
나는 옥수수나무가 된다
감자 꽃이 되어 나는 흐드러지게
바람에 날리운다.

겨울밤

1

겨울밤은
시누대숲에 사락사락 싸락눈 오는 소리를 들으며

겨울밤은
가슴이 엷은 여자 쬐꼬맣고 메마른 맨발을 만지면서

겨울밤은
차거운 식혜를 마시면서

겨울밤은
먼 마을의 달밤 부엉이 소리에 귀를 모으면서

겨울밤은
낙엽을 모아 달군 구들의 아랫목에서.

2

헛간의 시래기 타래미
바스락바스락
잠 못 드는 밤에

새끼 밴 이웃집 염소
추워서 우는 밤에

가랑잎 소리뿐인
마을이 있었다

바람 소리뿐인
마을이 있었다

서울발 하행열차
아, 기적소리처럼 문득
흔들리는 석유 호롱불빛들…

추녀 밑에 엮어 매단
호박고지
탱탱 어는 밤에

부엌 바닥에 술 바탱이
소리 없이 익는 밤에.

3
향은 좀 더 먼 곳으로부터
아름다움은 좀 더 가슴 속으로부터

촛불을 밝히면
조금씩 방안의 어둠이 밀려가듯이

찰랑찰랑 치마 아래
새하얀 버선목이 눈부시듯이

사랑은 좀 더 아득하게
눈웃음은 좀 더 은은하게

풀잎에 맑고 맑은 이슬
맺혀 있듯이

저고리 밑에 복주머니 달랑달랑
매달려서 흔들리듯이.

멀리서

가슴에 돌을 안고
나무그네에 앉아서
해종일 울던
눈먼 아낙네

다시 보면
머리 푼 솔바람 향기에
돛을 달고
아스라하여라

아흐,
하늘바다에
떠나가는
흰 구름 배.

오리 눈뜨다

까무러쳤던 사람이 문득
정신 차려 눈을 떴을 때
흐린 눈에 비친 하늘
하늘의 드넓음
나무에 앉았다 가는 바람
바람의 시원함
휘익 빗금으로 나르는 새
깃털의 가벼움
무엇보다도 망막 가득 채워지던 햇빛
햇빛의 눈부심
오늘은 바로 너!
바다 물결로 출렁대는
다만 부드럽고도 긴 생 머리칼.

가을날

1

가을은 능금알 속에 익고
능금은 햇살 속에 익습니다
나뭇잎 떨어진 가지 끝에
붙어 있는 능금이 작업을 끝내고
적당한 시기의 낙하
소녀들은 볼이 제대로 붉은 소녀들은
수없이 맑은 날에 죽어갔습니다.

2

충실한 저의 과일들을 거두어
당신께 드리겠습니다
나뭇잎들이 모든 소재에서
운명을 계속하고 있을 때
이제 당신의
두터운 햇살을 거두십시오
문득 한 살 더 먹은 것같이
서글퍼지는 날

충실한 저의 과일들을
한 광우리 거두어 당신 앞에
드리겠습니다.

3
귀뚜리와 함께 잠을 잡니다
그 깊은 잠 속에까지
찾아와서도 두드리면서
우는 귀뚜리
그 귀뚜리와 밤을 샙니다
아침이면 말간 유리창에
내리는 고독한 입김
귀뚜리와 함께 밤을 샙니다.

2000.6.9

3부

살아내는 삶을 위한 낭송시

지상에서의 며칠

때 절은 조이 창문 흐릿한 달빛 한줌이었다가
바람 부는 들판의 키 큰 미루나무 잔가지 흔드는 바람이었다가
차마 소낙비일 수 있었을까? 겨우
옷자락이나 머리칼 적시는 이슬비였다가
기약 없이 찾아든 바닷가 민박집 문지방까지 밀려와
칭얼대는 파도 소리였다가
누군들 안 그러랴
잠시 머물고 떠나는 지상에서의 며칠, 이런 저런 일들
좋았노라 슬펐노라 고달팠노라
그대 만나 잠시 가슴 부풀고 설렜었지
그리고는 오래고 긴 적막과 애달픔과 기다림이 거기 있었지
가는 여름 새끼손톱에 스며든 봉숭아 빨갈간 물감이었다가
잘려 나간 손톱조각에 어른대는 첫눈이었다가
눈물이 고여서였을까? 눈썹
깜짝이다가 눈썹 두어 번 깜짝이다가…….

난쟁이 나팔꽃을 보며

가을이 와 씨를 맺는
처마 밑의 나팔꽃
메마르고 거름기 없는 땅에 뿌리내려
덩굴줄기 남들처럼 치렁치렁 뻗어볼 요량도 없이
겨우겨우 이파리 두 개에 꽃송이 하나 피워내
거기서 꼬투리 하나 익혀 가지고
푸르른 가을 하늘 향해 당당히 주먹 쥐고 섰는
난쟁이나팔꽃을 바라보고 있노라면
안쓰럽다 못해 눈물겨워지다
아무리 못생기고 타고난 복이 없는 나팔꽃일 망정
때를 알아 꽃을 피우고
아주 본전 떨어지지 않을 만큼은
씨앗을 마련할 줄 아는 목숨의 강인함과 슬기 앞에
숙연해지다 못해 고개까지 수그러지다.

어머니 치고 계신 행주치마는

어머니 치고 계신 행주치마는
하루 한 신들 마를 새 없어,
눈물에 한숨에
집 뒤란 솔밭에 스미는
초겨울 밤 솔바람 소리만치나
속절없이 속절없어……

봄 하루 허기진 보리밭 냄새와
쑥죽 먹고 짜는 남의 집 삯베의
짓가루 냄새와 그 비린내까지가
마를 줄 몰라, 마를 줄 몰라.

대구로 시집 간 딸의 얼굴이
서울서 실연하고 돌아와 울던 아들의 모습이
눈에 박혀 눈에 가시처럼 박혀
남아 있는 채,
남아 있는 채로……

이만큼 살았으면
기찬 일 아픈 일은 없으리라고
말하시는 어머니, 당신은
오늘도 울고 계시네요.
어쩌면 그렇게 웃고 계시네요.

등 너머로 훔쳐 듣는 대숲바람 소리

등 너머로 훔쳐 듣는 남의 집 대숲바람 소리 속에는
밤사이 내려와 놀던 초록별들의
퍼렇게 멍든 날갯죽지가 떨어져 있다.
어린 날 뒤울안에서
매 맞고 혼자 숨어 울던 눈물의 찌꺼기가
비칠비칠 아직도 거기
남아 빛나고 있다.

심청이네집 심청이
빌어먹으러 나가고
심봉사 혼자 앉아
날무처럼 끄들끄들 졸고 있는 툇마루 끝에
개다리소반 위 비인 상사발에
마음만 부자로 쌓여주던 그 햇살이
다시 눈 트고 있다, 다시 눈 트고 있다.
장승상네 참대밭의 우레소리도
다시 무너져서 내게로 달려오고 있다.

등 너머로 훔쳐 듣는
남의 집 대숲바람 소리 속에는
내 어린 날 여름 냇가에서
손바닥 벌려 잡다 놓쳐버린
발가벗은 햇살의 그 반쪽이
앞질러 달려와서 기다리며
저 혼자 심심해 반짝이고 있다.
저 혼자 심심해 물구나무서 보이고 있다.

꿈꾸노니

— 사랑이여 조그만 사랑이여 45

외롭다고 생각할 때일수록
혼자이기를,

말하고 싶은 말이 많은 때일수록
말을 삼가기를,

울고 싶은 생각이 깊을수록
울음을 안으로 곱게 삭이기를,

꿈꾸고 꿈꾸노니 —

많은 사람들로부터 빠져나와
키 큰 미루나무 옆에 서 보고
혼자 고개 숙여 산길을 걷게 하소서.

들국화 1

바람 부는 등성이에
혼자 올라서
두고 온 옛날은
생각 말자고,
아주 아주 생각 말자고,

갈꽃 핀 등성이에
혼자 올라서
두고 온 옛날은
잊었노라고,
아주아주 잊었노라고,

구름이 헤적이는
하늘을 보며
어느 사이
두 눈에 고이는 눈물
꽃잎에 젖는 이슬.

들국화 2

울지 않는다면서 먼저
눈썹이 젖어

말로는 잊겠다면서 다시
생각이 나서

어찌하여 우리는
헤어지고 생각나는 사람들입니까?

말로는 잊어버리마고
잊어버리마고……

등피
아래서.

*
살다 보면 눈물날 일도
많고 많지만

밤마다 호롱불 밝혀
네 강심江心에 노를 젓는
나는 나룻배.

아침이면
이슬 길 풀섶 길 돌고 돌아
후미진 곳
너 보고픈 마음에
하얀 꽃송이 하날 피웠나부다.

사랑하는 마음 내게 있어도

사랑하는 마음
내게 있어도
사랑한다는 말
차마 건네지 못하고 삽니다
사랑한다는 그 말 끝까지
감당할 수 없기 때문

모진 마음
내게 있어도
모진 말
차마 하지 못하고 삽니다
나도 모진 말 남들한테 들으면
오래오래 잊혀지지 않기 때문

외롭고 슬픈 마음
내게 있어도
외롭고 슬프다는 말
차마 하지 못하고 삽니다

외롭고 슬픈 말 남들한테 들으면
나도 덩달아 외롭고 슬퍼지기 때문

사랑하는 마음을 아끼며
삽니다
모진 마음을 달래며
삽니다
될수록 외롭고 슬픈 마음을
숨기며 삽니다.

오늘의 약속

덩치 큰 이야기, 무거운 이야기는 하지 않기로 해요
조그만 이야기, 가벼운 이야기만 하기로 해요
아침에 일어나 낯선 새 한 마리가 날아가는 것을 보았다든지
길을 가다 담장 너머 아이들 떠들며 노는 소리가 들려 잠시 발을 멈췄다든지
매미 소리가 하늘 속으로 강물을 만들며 흘러가는 것을 문득 느꼈다든지
그런 이야기들만 하기로 해요

남의 이야기, 세상 이야기는 하지 않기로 해요
우리들의 이야기, 서로의 이야기만 하기로 해요
지나간 밤 쉽게 잠이 오지 않아 애를 먹었다든지
하루종일 보고픈 마음이 떠나지 않아 가슴이 뻐근했다든지
모처럼 개인 밤하늘 사이로 별 하나 찾아내어 숨겨놓은 소원을 빌었다든지
그런 이야기들만 하기로 해요

실은 우리들 이야기만 하기에도 시간이 많지 않은 걸 우리는 잘 알아요
그래요, 우리 멀리 떨어져 살면서도
오래 헤어져 살면서도 스스로

행복해지기로 해요

그게 오늘의 약속이에요.

비단강 1

비단강이 비단강임은
많은 강을 돌아보고 나서야
비로소 알겠습디다

그대가 내게 소중한 사람임은
더 많은 사람들을 만나고 나서야
비로소 알겠습디다

백 년을 가는
사람 목숨이 어디 있으며
50년을 가는
사람 사랑이 어디 있으랴……

오늘도 나는
강가를 지나며
되뇌어 봅니다.

비단강 2

강물은 흘러서 끝이 없고
목숨은 변하여 사라져 간다
하늘에 나는 새
들에 자는 새
보아라
실어 나르고 실어 날라도
바닥나지 않는 우리네
눈물과 기쁨
날 어둡자 강물엔 별이 잠기고
내 가슴엔 그대 눈썹이 뜬다.

기도

내가 외로운 사람이라면
나보다 더 외로운 사람을
생각하게 하여 주옵소서

내가 추운 사람이라면
나보다 더 추운 사람을
생각하게 하여 주옵소서

내가 가난한 사람이라면
나보다 더 가난한 사람을
생각하게 하여 주옵소서

더욱이나 내가 비천한 사람이라면
나보다 더 비천한 사람을
생각하게 하여 주옵소서

그리하여 때때로
스스로 묻고

스스로 대답하게 하여 주옵소서

나는 지금 어디에 와 있는가?
나는 지금 어디로 향해 가고 있는가?
나는 지금 무엇을 보고 있는가?
나는 지금 무엇을 꿈꾸고 있는가?

겨울 달무리

웃으면 가지런한 옥니가 이쁘던 그대,
웃으면 볼 위에 새암도 생기던 그대,
그대의 손가락에 끼웠던
금가락지 같은 달무리가
오늘은 우리의 이별의 하늘에 솟았다.

그대의 마을에서부터 오는
기러기 발가락들이 찍어놓은
발가락 도장들이 어지러운 하늘ㅅ가
오늘은 눈이라도 오시려나.
천둥호령이라도 나시려나.

울멍울멍 울음을 참던
나의 하늘에
그 때 그대를 시집 보내던 나의 마음이
오늘은 잊혀진 겨울 하늘에
흐릿한 달무리로만 어렸다.
달무리 하나로만 남았다.

그대 떠난 자리에

그대 떠난 자리에 혼자 남아
그대를 지킨다
그대의 자취
그대의 숨결
그대의 추억
그대가 남긴 산을 지키고
그대가 없는 들을 지키고
그대가 바라보던 강물에 하늘에
흰구름을 지킨다
그러면서 혼자서 변해 간다
나도 모르게 조금씩
그대도 모르게 조금씩.

3월의 새

3월에 우는 새는 새가 아닙니다.
나뭇가지 끝에 걸린
그것들은 나무의 열매들입니다.
이 가지 저 가지로 옮겨 앉으며
울 줄도 아는 열매들입니다.

시방 새들의 성대는
부글부글 햇살을 끓이고 있고
햇살은 새들의 몸뚱이에 닿자마자
이슬방울이 되어 튕겨납니다.
새들의 울음소리에 하늘은 모음으로 짜개집니다.

보셔요,
우물터에 앉아 겨울 내복을 헹구는
누이의 눈을.
눈물 번지는 벌판에 타오르는 아지랑이
그 아지랑이 속을 솟아오르는 누이 눈 속의 종달새 한 마리를……

3월에 우는 새는 새가 아닙니다.
나뭇가지 끝에 걸린
울 줄도 알고 날 줄도 아는
그것들은 벌써
우리 마음속에 그려진 하나의 과일들입니다.

세상에 나와 나는

세상에 나와 나는
아무것도 내 몫으로
차지하려 하지 않았습니다

꼭 갖고 싶은 것이 있었다면
푸른 하늘빛 한 쪽
바람 한줌
노을 한 자락

더 욕심을 부린다면
굴러가는 나뭇잎새
하나

세상에 나와 나는
어느 누구도 사랑하는 사람으로
간직해 두고 싶지 않았습니다

꼭 사랑하는 사람이 있었다면
단 한 사람
눈이 맑은 그 사람
가슴속에 맑은 슬픔을 간직한 사람

더 욕심을 부린다면
늙어서 나중에도 부끄럽지 않게
만나고 싶은 한 사람
그대.

드라이플라워

음악다방 귀퉁이에
물 없는 항아리에
꽂혀 있는 마른 꽃 한 다발.

한때는 그 꽃을 보고서도
아름답다 말한 적이
있었지.

한때는 이 거리가
환희의 거리 불빛의 거리일 때도
있었지.

그러나 지금 내 마음엔 불이 꺼지고,
네가 앉아 있던 자리엔
모르는 얼굴이 앉고,

음악다방 귀퉁이에
물 없는 항아리에

꽂혀 있는 마른꽃 한 다발.
한때는 이 자리가
기쁨의 자리 만남의 자리일 때도
있었지.

귀로

가면서 돌아가면서 울고있겠지
애달픈 마음 아쉬운 마음
가슴에 남아 희미한 모닥불 피우며
길가의 꽃을 보고서도 눈짓을 하고
하늘 가 흰구름하고도 얘기를 하며
바람이었을 거야 우리는
뒤돌아보며 뒤돌아보며 흐느끼는 사람.

겨울행

열 살에 아름답던 노을이
마흔 살 되어 또다시 아름답다
호젓함이란 참으로
소중한 것이란 걸 알게 되리라

들판 위에
추운 나무와 집들의 마을,
마을 위에 산,
산 위에 하늘,

죽은 자들은 하늘로 가
구름이 되고 언 별빛이 되지만
산 자들은 마을로 가
따뜻한 등불이 되는 걸 보리라.

사랑은 혼자서

사랑은 여럿이가 아니라
혼자서 쓸쓸한 생각
저무는 저녁 해
그리고 깜깜한 어둠

사랑은 둘이서가 아니라
혼자서 푸르른 산맥
흐르는 시내
그리고 풀벌레 울음

사랑은 너와 함께가 아니라
혼자서 이루는 약속
머나먼 내일
그리고 이별과 망각.

사는 일

1
오늘도 하루 잘 살았다
굽은 길은 굽게 가고
곧은 길은 곧게 가고

막판에는 나를 싣고
가기로 되어 있는 차가
제 시간보다 일찍 떠나는 바람에
걷지 않아도 좋은 길을 두어 시간
땀 흘리며 걷기도 했다

그러나 그것도 나쁘지 아니했다
걷지 않아도 좋은 길을 걸었으므로
만나지 못했을 뻔했던 싱그러운
바람도 만나고 수풀 사이
빨갛게 익은 멍석딸기도 만나고
해 저문 개울가 고기비늘 찍으러 온 물총새
물총새, 쪽빛 날갯짓도 보았으므로

이제 날 저물려 한다
길바닥을 떠돌던 바람은 잠잠해지고
새들도 머리를 숲으로 돌렸다
오늘도 하루 나는 이렇게
잘 살았다.

2
세상에 나를 던져보기로 한다
한 시간이나 두 시간

퇴근 버스를 놓친 날 아예
다음 차 기다리는 일을 포기해버리고
길바닥에 나를 놓아버리기로 한다

누가 나를 주워가 줄 것인가?
만약 주워가 준다면 얼마나 내가
나의 길을 줄였을 때
주워가 줄 것인가?

한 시간이나 두 시간
시험 삼아 세상 한복판에
나를 던져보기로 한다

나는 달리는 차들이 비껴가는
길바닥의 작은 돌멩이.

너와 함께라면 인생도 여행이다

인생이 무엇인가
한 마디로 말하는 사람 없고
인생이 무엇인가
정말로 알고 인생을 사는 사람 없다

어쩌면 인생은 무정의용의 같은 것
무작정 살아보아야 하는 것
옛날 사람들도 그랬고 오늘도 그렇고
앞으로도 오래 그래야 할 것

사람들 인생이 고달프다 지쳤다
힘들다고 입을 모은다
가끔은 화가 나서
내다 버리고 싶다고까지 불평을 한다

그렇지만 말이다
비록 그러한 인생이라도

사랑하는 사람과 함께라면
조금쯤 살아볼 만한 것이 아닐까

인생은 고행이다! 그렇게
말하는 사람들 있다
우리 여기서 '고행'이란 말
'여행'이란 말로 한번 바꾸어보자

인생은 여행이다!
더구나 사랑하는 너와 함께라면
그것은 얼마나 가슴 벅찬 여행일 것이며
아기자기 즐겁고 아름다운 여정일 거냐

너도 부디 나와 함께
힘들고 지치고 고달픈 인생
여행이라고 생각해주면 좋겠구나
지구 여행 잘 마치고 지구를 떠나자꾸나.

멀리서 빈다

어딘가 내가 모르는 곳에
보이지 않는 꽃처럼 웃고 있는
너 한 사람으로 하여 세상은
다시 한 번 눈부신 아침이 되고

어딘가 네가 모르는 곳에
보이지 않는 풀잎처럼 숨 쉬고 있는
나 한 사람으로 하여 세상은
다시 한 번 고요한 저녁이 온다

가을이다, 부디 아프지 마라.

사랑 1

목말라 물을 좀 마셨으면 좋겠다고
속으로 생각하고 있을 때
유리컵에 맑은 물 가득 담아
잘람잘람 내 앞으로 가지고 오는

창 밖의 머언 풍경에 눈길을 주며
그리움의 물결에 몸을 맡기고 있을 때
그 물결의 흐름을 느끼고 눈물
글썽글썽한 눈으로 나를 바라보아주는

어떻게 알았을까, 그는
한마디 말씀도 이루지 아니했고
한 줌의 눈짓조차 건네지 않았음에도.

화이트 크리스마스

크리스마스 이브
눈 내리는 늦은 밤거리에 서서
집에서 혼자 기다리고 있는
늙은 아내를 생각한다

시시하다 그럴 테지만
밤늦도록 불을 켜놓고 손님을
기다리는 빵 가게에 들러
아내가 좋아하는 빵을 몇 가지
골라 사들고 서서
한사코 세워주지 않는
택시를 기다리며
20년하고서도 6년 동안
함께 산 동지를 생각한다

아내는 그 동안 네 번
수술을 했고
나는 한 번 수술을 했다

그렇다, 아내는 네 번씩
깨진 항아리이고 나는
한 번 깨진 항아리이다

눈은 땅에 내리자마자
녹아 물이 되고 만다
목덜미에 내려 섬뜩섬뜩한
혓바닥을 들이밀기도 한다

화이트 크리스마스
크리스마스이브 늦은 밤거리에서
한 번 깨진 항아리가
네 번 깨진 항아리를 생각하며
택시를 기다리고 또
기다린다.

내가 나를 칭찬함

오늘도 흰구름을 나는
흰구름이 아니라고 억지로
우기지 않았음

오늘도 풀꽃을 만나 나는
너를 알지 못한다
얼굴 돌려 외면하지 않았음

이것이 오늘 내가 나를 진정
칭찬해주고 싶은 항목임

당신도 부디 당신 자신을
칭찬해주시기 바란다.

오늘도 그대는 멀리 있다

전화 걸면 날마다
어디 있냐고 무엇하냐고
누구와 있냐고 또 별일 없냐고
밥은 거르지 않았는지 잠은 설치지 않았는지
묻고 또 묻는다

하기는 아침에 일어나
햇빛이 부신 걸로 보아
밤사이 별일 없긴 없었는가 보다

오늘도 그대는 멀리 있다

이제 지구 전체가 그대 몸이고 맘이다.

노

아들이 입대한 뒤로 아내는 새벽마다 남몰래 일어나 비어 있는 아들 방 문 앞에 무릎 꿇고 앉아 몸을 앞뒤로 시계추처럼 흔들며 기도를 한다.

하느님 아버지, 어떻게 주신 아들입니까? 그 아들 비록 어둡고 험한 곳에 놓일지라도 머리털 하나라도 상하지 않도록 주님께서 채금져 주옵소서.

도대체 아내는 하느님한테 미리 빚을 놓아 받을 돈이라도 있다는 것인지, 하느님께서 수금해주실 일이라도 있다는 것인지 계속해서 채금債金져 달라고만 되풀이 되풀이 기도를 드린다.

딸아이가 고3이 된 뒤로부터는 또 딸아이 방 문 앞에 가서도 여전히 몸을 앞뒤로 흔들며 똑같은 기도를 드린다.

하느님 아버지, 이미 알고 계시지요? 지금 그 딸 너무나 힘든 공부를 하고 있는 중이오니, 하느님께서 그의 앞길에 등불이 되어 밝혀주시고 그의 모든 것을 채금져 주옵소서.

우리 네 식구 날마다 놓인 강물이 다를지라도, 그 기도 나룻배의 노櫓가 되어 앞으로인 듯 뒤로인 듯, 흔들리며 나아감을 하느님만 빙긋이 웃으며 내려다보고 계심을, 우리는 오늘도 짐짓 알지 못한 채 하루를 산다.

너무 그러지 마시어요

너무 그러지 마시어요. 너무 섭섭하게 그러지 마시어요. 하나님, 저에게가 아니에요. 저의 아내 되는 여자에게 그렇게 하지 말아달라는 말씀이에요. 이 여자는 젊어서부터 병과 더불어 약과 더불어 산 여자예요. 세상에 대한 꿈도 없고 그 어떤 사람보다도 죄를 안 만든 여자예요. 신장에 구두도 많지 않은 여자구요, 장롱에 비싸고 좋은 옷도 여러 벌 가지지 못한 여자예요. 한 남자의 아내로서 그림자로 살았고 두 아이의 엄마로서 울면서 기도하는 능력밖엔 없는 여자이지요. 자기 이름으로 꽃밭 한 평, 채전밭 한 귀퉁이 가지지 못한 여자예요. 남편 되는 사람이 운전조차 할 줄 모르는 쑥맥이라서 언제나 버스만 타고 다닌 여자예요. 돈을 아끼느라 꽤나 먼 시장 길도 걸어다니고 싸구려 미장원에만 골라 다닌 여자예요. 너무 그러지 마시어요. 가난한 자의 기도를 잘 들어 응답해주시는 하나님, 저의 아내 되는 사람에게 너무 섭섭하게 그러지 마시어요.

가슴이 콱 막힐 때

가슴이 콱 막힐 때 있습니다. 답답해서 숨을 못 쉴 것만 같을 때 있습니다. 내 마음속에 당신이 너무 크게 자리 잡고 있는 탓으롭니다. 그렇게는 살지 못하지요. 잠시만 당신을 마음 밖으로 나가 살게 할까 합니다.

소나무, 버즘나무, 오동나무, 줄지어 선 뜨락의 한 구석, 당신을 한 그루 감나무로 세워두려고 그럽니다. 매미 소리 햇빛처럼 따갑게 쏟아지는 한여름을 그렇게 벌 받고 서 계신다면 분명 당신의 가지에 열린 감알들도 조금씩 가슴이 자라서 안으로 단물이 들어가겠지요.

어렵사리 우리의 첫 번째 가을이 찾아오는 날, 우리는 붉게 익은 감알들을 올려다보며 감나무 아래 오래도록 서 있어도 좋겠습니다. 서로의 가슴속에 붉고 탐스럽게 익은 감알들을 훔쳐보며 어린아이들처럼 철없는 웃음을 입술 가득 베어 물어도 좋을 것입니다.

바다

한번은 좋아서 미쳐버리고 두 번은 좋아서 죽어주자던 바다, 바다, 바다, 바다. 수없이 많은 정신의 반딧불들만 모여 파닥이는 일렁이는 바다, 바다. 그래도 그 것뿐일 수밖에 없는 누천累千, 누만년累萬年을 기다리고 기다려 봐도 일어서지도 넘어지지도 못하고 그저 늘펀히 그대로 늘어져 있는 것밖엔 아무 재주도 없는 너 바다, 바다. 너무 오래 룡상에 앉아 땀띠 돋은 선덕녀왕의 희뿌연 엉덩이의 살, 그녀 선덕녀왕을 너무 사모해 새까맣게 타서 재가 된 지귀의 뼈다귀, 또 다른 한 선덕녀왕과 한 지귀의 뼈다귀, 모두 모여 손으로 발로 긁고 두드리고 피 흘리며 눈물 찔끔 진물 흘리며 오늘에 이른 너 만년萬年 혁명주의자, 만년 행려병자行旅病者, 만녕 반항아여!

오늘은 내 너 앞에 혼자 찾아와 혼자 파닥이며 일렁이며 눈물 글썽글썽 잘못 꾸려온 어제와 잘못 꾸려갈 내일까지 보태어 뉘우치며 뉘우치며 서 있느니 소금바람에 전 건포乾脯가 되어가고 있느니, 언제쯤 된서리에 이마빽이 벼슬이 더 빨개져 어둠에서 길을 찾아오는 숫놈기러기의 길이 내게도 열려 서러운 나의 길을 떠날까 보냐, 길 없는 바다에 뱃길을 내이며 나도 훨훨 떠날 수 있을까 보냐, 발돋움해보는 바다. 바다, 바다, 바다, 다. 너 누천만년累千萬年 비생활인非生活人의 피인 바다, 바다, 우리의 썩지 않는 어깨여.

눈물나것다

강물이 가다가 흘러가다가
힘이 부치면 여울 복판에
흙을 모두어 여름이면
풀꽃과 벌레들 불러모아 살게 하고
겨울이면 발가락 시린 물새들 또한
찾아와 쉬게 하듯이

아직도 내가 좋은 사람,
그대 살다가 살아가다가
나도 모르는 지도의 오솔길
그 역시 낯선 번지수 어디쯤
띠풀 엮어 지붕 얽고 살아 갈 때
나 어느 날 우연찮게도 배낭 하나
달랑 등에 지고 지치고 배고픈
해 저물녘 길손이 되어
처마 밑에 문득 다다랐을 때

집안에서 번져 나오는 된장국
굴품한 냄새 오래 잊었던
그 냄새 알아차리고 콧물
훌쩍이며 훌쩍이며 눈물나겄다

맨소주에 취해 얼굴 붉힌 노을빛
건너다보아준다면 더더욱 눈물나겄다.

평화

비가 내리고 난 다음 날 아버지는
소에게 쟁기를 채우고 논을 가셨다
척척 쟁기의 보습 날에 갈려나가는 논바닥
어떻게 알았는지 그럴 때면 노랑색 깃털의
새들이 날아와 논바닥에 깔리곤 했다
그 새들이 황백로라는 것을 안 것은 어른이 된 뒤의 일이지만
황백로들은 논을 가는 아버지와 소의 뒤를 졸졸 따라 다니곤 했다
논두렁 가에서 책을 읽다가 고개를 들어 바라보면
그 황백로들 아버지의 소가 갈아엎은 논바닥에서
무언가를 찍어먹고 있었다
황백로들은 논을 가는 소의 다리 밑을 들락거리기도 하고
아버지의 종아리 사이를 오락가락하기도 했다
그러나 아버지도 소도 그런 황백로를 쫓으려 하지 않았다
논을 가는 소와 쟁기를 잡은 아버지와 황백로들
그리고 논둑에 앉아서 책을 읽고 있던 어린 나,
그 네 가지가 오랫동안 지워지지 않는 마음의 그림이 되었다.

장국밥

장마당 한 가운데 커다란 솥이 하나 걸려 끓고 있었다
솥에서는 구수한 고기국물 냄새가 번졌다
아침밥을 거른 사람들은 하나같이 거기로 모여 꼬깃꼬깃한 종이돈을 건네고 국밥 한 그릇씩을 시켜서 먹곤 했다
모시 팔러 일찍 장에 나온 아버지도 모시 판 돈으로 국밥 한 그릇을 시켰다
주인에게 빈 그릇 하나를 달라고 해서 아버지는 국과 밥알을 조금 건져 나에게도 주었다
그렇게 맛이 좋을 수가 없었다
얘야 어서 집으로 돌아가자
아버지를 따라 돌아오는 시장 어귀에 가마니를 깔고 난전을 펼친 책들이 보였다
'새벗'이란 이름의 책도 있었다
그 책 한 권을 사 주십사 말하고 싶었지만 끝내 입이 벌어지지 않았다
집으로 돌아오는 내내 나는 배가 고팠다.

흰 고무신을 신고

늦은 봄날의 저녁때
잘 닳아진 흰 고무신을
골라서 신고
잠시 서성여 보는 길

닳아진 신발 바닥에
서느런 산그늘이 밟히고
우리네 삶의 속살이
질끈 밟힌다 해도
너무 서러워 안달할 일은 아니리

그 길은
바다로 비스듬히
기울은 길

쌉쌀하고 비릿한 물비린내가
조개껍질이나 굴껍데기처럼 바스라지고
멀리 수평선 너머 고래란 놈들이 두서너 마리

제 짝을 찾으며 콧구멍에서 분수를 만들어내는
뿌용, 뿌용, 기선 지나가는 소리가 으깨진다 해도
굳이 사양할 것은 없으리

늦은 봄날의 저녁 때
오래 신어서 헐거워진
흰 고무신을 끌고
잠시 출렁여보는 길

미끄러운 신발 바닥에
두엄냄새 닭똥구린내가 미끄러지고
산수유 복수초 영춘화 민들레
드디어 샛노란 냄새까지 깔려서
짓이겨진다 해도 너무
안쓰러워 가슴 아파할 일은 아니리.

등불

1

사람은 누구나
자기의 등불이 있습니다

저승서부터 데리고 왔거나
태어날 때
어머니가 쥐어주셨을 등불

몸이 아플 때나 잠들 때에도
머리맡에 켜놓고
끄지 않았던 등불

그 등불이 사람을
이끌고 갑니다
밀림 속 세상에
길을 열어서 나아가게 합니다.

2

어머니, 저는 오늘 또다시
길을 잃었습니다
발길은 자주 어두워지고
시야는 도처에서 떨립니다

그러나 어머니, 저는
제 마음이 더욱 헐벗고
행색이 더욱 초라해지길
허락합니다

가난한 마음일 때 등불은
더욱 밝게 타오름을 제가
알기 때문입니다

행색이 초라한 사람 손에
들려진 등불일수록 더욱
멀리까지 비쳐짐을
믿기 때문입니다.

인생

해 저물녘 빈 하늘을
둘이서 바라보는 것

어디로 흘러가는지도 모르는 구름을
말없이 바라보는 것

낯선 골목길을 서성이다가
이름도 모를 새소리에 잠시 귀 기울이는 것

작은 키 긴 그림자 둘이서 데리고
빈방으로 천천히 돌아오는 것.

산거

1
산에 와서 혼자 부르는 메아리는
대답해 주는 사람 없어서 좋데.
산에 와서 혼자 듣는 산새 소리는
듣는 이 아무도 없어서 더욱 좋데.

2
근심이 하 먹구름 같은들
나무가 알아줄까, 산이 덜어줄까,
겨울 산벚꽃나무 잔가지에 살로 틔어 아픈 산새 소리여.
불 꺼진 석등 아래 미미한 달빛이여.

3
싸락눈 하나에 가려진 산.
눈썹 하나에 갇혀진 영원.
입술 하나에 묻혀진 바다.
아, 그대 눈에 어리어 발을 씻는 머언 흰구름.

4

하얀 달빛 뜨락에 싸락눈 내렸다.
하얀 달빛 기왓골에 싸락눈 쌓였다.
이런 밤에 잠 못 들어 뜨락을 서성이는 사람.
사람 몰래 깨어 숨쉬는 나무, 나무, 산, 산.

5

산에서 만난 사람들은 속으로만 울음 운다.
눈물을 보일 수 없어 차마 눈물을 보일 수 없어
돌아서서 남 몰래 손등으로 눈물 훔친다.
돌아서서 마른 잎 바람 소리에 눈물 씻는다.

6

바람끼리 모여 살데,
빈 산골짜기.

나무끼리 정을 트데,
아무렇게나.

스님도 구름도 한 번 가선 아니 오는 곳,
아미산중娥眉山中에……

돌끼리 눈 맞추데,
죽은 풀 아래.

난초여 난초여

여럿 두고 볼 때
그저 그런 풀이더니

혼자 두고 보니
높은 뜻과 맑은 슬픔
그 가슴에 지니고 사는
선비 중의 선비로세

난초여 난초여
난초 같은 한 사람이여
오늘도 나는 그대 그리워 운다.

멀리까지 보이는 날

숨을 들이쉰다
초록의 들판 끝 미루나무
한 그루가 끌려들어온다

숨을 더욱 깊이 들이쉰다
미루나무 잎새에 반짝이는
햇빛이 들어오고 사르락 사르락
작은 바다 물결 소리까지
끌려들어온다

숨을 내어쉰다
뻐꾸기 울음 소리
꾀꼬리 울음 소리가
쓸려나아간다

숨을 더욱 멀리 내어쉰다
마을 하나 비 맞아 우거진
봉숭아꽃나무 수풀까지

쓸려 나아가고 조그만 산 하나
우뚝 다가와 선다

산 위에 두둥실 떠 있는
흰구름, 저 녀석
조금 전까지만 해도 내 몸 안에서
뛰어놀던 바로 그 숨결이다.

섭리

그대 눈여겨보지 않아도
돌배나무에는 참배가 열려
날이 날마다 햇볕과 바람에 익어간다

그대 애태우지 않아도
은행나무에는 은행잎이
감나무에는 감잎이 솟아나서
기인 날을 혼자서도 찰찰찰
햇볕과 바람을 불러 모아 논다

아아 그 같을라 그 같을라
우리의 사랑도 우리의 슬픔도
햇볕과 물을 빨아
참배가 익어가듯
푸르른 나뭇잎 사이
돌배가 익어가듯.

꽃

예뻐서가 아니다
잘나서가 아니다
많은 것을 가져서도 아니다
다만 너이기 때문에
네가 너이기 때문에
보고 싶은 것이고 사랑스런 것이고 안쓰러운 것이고
끝내 가슴에 못이 되어 박히는 것이다
이유는 없다
있다면 오직 한 가지
네가 너라는 사실!
네가 너이기 때문에
소중한 것이고 아름다운 것이고 사랑스런 것이고 가득한 것이다
꽃이여, 오래 그렇게 있거라.

짧은시 모음

아름다움

놓일 곳에 놓인 그릇은 아름답다
뿌리 내릴 곳에 뿌리 내린 나무는 아름답다
꽃필 때를 알아 피운 꽃은 아름답다
쓰일 곳에 쓰인 인간의 말 또한 아름답다.

앉은뱅이꽃

발밑에 가여운 것
밟지 마라,
그 꽃 밟으면 귀양간단다
그 꽃 밟으면 죄받는단다.

제비꽃

그대 떠난 자리에
나 혼자 남아
쓸쓸한 날
제비꽃이 피었습니다
다른 날보다 더 예쁘게
피었습니다.

안개가 짙은들

안개가 짙은들 산까지 지울 수야
어둠이 깊은들 오는 아침까지 막을 수야
안개와 어둠 속을 꿰뚫는 물소리, 새소리,
비바람 설친들 피는 꽃까지 막을 수야.

양달개비

돼지막 옆에서 돼지똥 냄새를 맡으며
염소집 옆에서 염소 오줌 냄새를 맡으며
아침마다 샅을 여는 양달개비 파란 꽃빛
밤마다 별과 눈맞추는 양달개비 파란 샅빛.

사는 법

그리운 날은 그림을 그리고
쓸쓸한 날은 음악을 들었다

그리고도 남는 날은
너를 생각해야만 했다.

행복

저녁 때
돌아갈 집이 있다는 것

힘들 때
마음속으로 생각할 사람 있다는 것

외로울 때
혼자서 부를 노래 있다는 것.

2010. 7

4부

특별한 날을 위한 낭송시

부여를 꿈꾸며

가을 오거든 무엇보다도 먼저
망한 나라의 서울
부여를 찾아가 볼 일이다
가서, 들판 위에 산 위에 무진장으로 쏟아지는
눈물겨운 햇볕들과 눈을 맞추고
앉을 자리 몰라 이적지 서성이는
바람과도 시린 가슴을 부빌 일이다
한나절, 시들어가는 풀섶길을 걷다가 걷다가
다리 아프면 아무 데나
흙무데기 위에 퍼질러 앉아서 쉬고
강물, 드디어 강물
천년이고 만년이고 군소리 없이
아래로 아래로만 씻어내리고 씻어내릴 따름인
강물을 하나 찾아낼 일이다
강물 위에 거꾸로 비친 마을들 좀 보아
마을 뒤에 하늘
하늘 뒤에 떠가는 몇 송이 흰구름들 좀 보아
우리네 목숨이사 저 강물 위에

잠시 일렁이다 사라지는 햇빛과 바람의
비늘이 아닐까
가을 오거든 무엇보다도 먼저
망한 나라의 서울
부여를 찾아가 볼 일이다
가서, 군말 없이 한세상 살다 가는
망한 나라 백성들의 주름진 얼굴이나 만나고
그들의 허전한 뒷모습이라도 한동안
지켜보다가 올 일이다.

축혼시

하늘의 별 바닷가 모래
그같이 많은 사람 가운데
오직 한 사람의 남자와 여자이니
이것은 기적입니다

험한 세상 부질없는 인생
오롯이 등불 밝혀
이마 마주 댈 둥지가 생겼으니
더없는 축복입니다

부디 잊지 마시구려
오늘의 설레는 마음
오늘 다짐했던 빛나는 말씀들
이날로서 그대들 부부입니다

남자가 지아비 되고
여자가 지어미 된다는 것
그리 쉽지 않은 일이지요

서로가 서로의 어버이 된다는 말이랍니다

무엇보다도 깊이 사랑하십시오
뜨겁게 말고 은근하게 오래오래
살다 보면 사랑보다 믿음과 열정이
더욱 소중하다는 걸 알게 될 것입니다

그리하여 이 모습 이대로
중년에 이르고 노년에도 이르러
스스로 보기에 그럴듯하고
신에게 더욱 보기 좋은 모습 이루십시오.

1월 1일

화분에 물을 많이 주면 꽃이 시들고
사랑도 지치면 사람이 떠난다

말로는 그리 하면서
억지를 부리고 고집을 세우고
뭐든 내 맘대로 해서
미안했다 네게 잘못했다

새해의 할 일은
너의 생각을 조금만 하는 것
너에게 말을 적게 하고
사랑 또한 줄이는 것

그리하여 너를 멀리 멀리
놓아 보내는 일
너에게 날개를 달아주는 일

잘 가라 잘 살아라
허공에 날려 보낸
풍선을 보면서 빈다.

아우내의 별

— 유관순 열사

조국이란 말 모국이란 말 앞에 문득
떠오르는 어여쁜 이름 하나 있으니
유관순
열아홉 꽃다운 나이 철없는 처녀의 나이에
어쩌면 그리도 의젓하고 당당할 수 있었을까
끝까지 굳세고 한결같을 수 있었을까

천안에서 태어나
공주에서 공부하고
이화학당에서 공부한 어여쁜 아기씨
서울에서 일어난 만세운동의 불길
고향땅 아우내로 옮겨와
어버이들 함께 목청껏 외쳤으니

아름다우셔라 곱기도 하셔라
봉숭아꽃보다 동백꽃보다
붉은 마음이여

배고픈 시절 고달픈 날들
기차 소리를 듣고서도 다른 동무들 귀에는
'동전 한 푼 동전 한 푼' 들렸다는데
'대한 독립 대한 독립' 그렇게 들렸던 귀여
보배로운 귀여

아름다우셔라 곱기도 하셔라
봉숭아꽃보다 동백꽃보다
붉은 마음이여

구름 낀 밤하늘이라도 별이 없는 것이 아니라
구름 너머 별빛은 여전히 반짝이는 것
조국의 하늘 모국의 하늘에
여전히 빛나는 별빛이여
아우내의 처녀 별빛이여

우리들 가슴속에도 오래
반짝여 꺼지지 마소서
길이 함께 하소서.

공산성

백두대간 뻗어서 흐르고 흐르다가
웅진땅 비단강 가 꽃 한 송이 피웠으니
그 이름 공산성이라 백제왕도 이뤘네

한 때는 임금님의 궁궐이 있었던 곳
그 뒤로 온갖 백성 즐기는 뜨락이라
오늘도 세상 사람들 구름같이 모이네

이만큼 넉넉하고 크신 가슴 보았는가
한번 가서 안기면 다시 찾고 싶은 마음
오시라 크신 어머니 이 가슴에 안기세.

다시 천년을 넘어
— 백제금동대향로

누가 백제를 망했다고 하는가
망하여 자취 없는 나라라고 말하고 있는가
해마다 시월이면 백제는 다시 일어서고
다시 한 번 빛을 발하며 타오른다
보라! 백제문화제 공주에서 부여에서
그 가슴에 타오르는 향기의 무지개

더구나 백제 금동대향로를 보시라
두세두세 나무 밑을 걸으며
두 손 맞잡아 기도드리는 사람
낚싯대 드리우고 말에 올라
사냥 길 떠나는 사람들

향기로운 악기 가슴에 안고
하늘의 소리를 만들어내고 있는
소리꾼들을 보시라
가장 좋은 노래는 소리 없는 노래
줄 없는 악기에서 울려 퍼지는 음악

우쭐우쭐 솟아오른 산악을
받치고 선 한 마리 용과
신령스런 입으로 인간의 세상을
받들고 계신 어지신 한 분 용왕님을 보시라
그 위에 또다시 꼬리를 치켜들고 날개를
펼쳐든 봉황님은 어떠신가……

가장 좋으신 향기와 미소
지극히 높으신 고요가 살아서 천년
또다시 천년을 흐르는 백제
해마다 다시 일어서고 다시금 빛을 발하는 백제
백제금동대향로!
오늘도 우리 가슴에 피어오르고 있다.

윤동주 시인

우리들 마음속에
더는 나이를 먹지 않는 한 청년이 살고 있습니다
우리들 영혼 속에
더는 변하지 않는 한 권의 시집이 숨쉬고 있습니다

금방 감아서 물기도 채 마르지 않은 검은 머리칼
상큼한 비누 냄새가 나는 것 같기도 하고
이슬 내린 풀밭 풀꽃 향기가
어른거리기도 합니다

그 시인은 남의 나라 땅
슬프고 외롭고 추운 별이 되어
떠돌다가 하늘로 간
불행한 시인이었습니다

그러나 그 시인과 그 시인의 시집으로 하여 우리는
오래 행복할 수 있었습니다
앞으로 더욱 오래 행복할 수 있을 겁니다

이제금 우리들 마음의 하늘에 그 시인은
지지 않는 빛나는 별이 되었습니다.

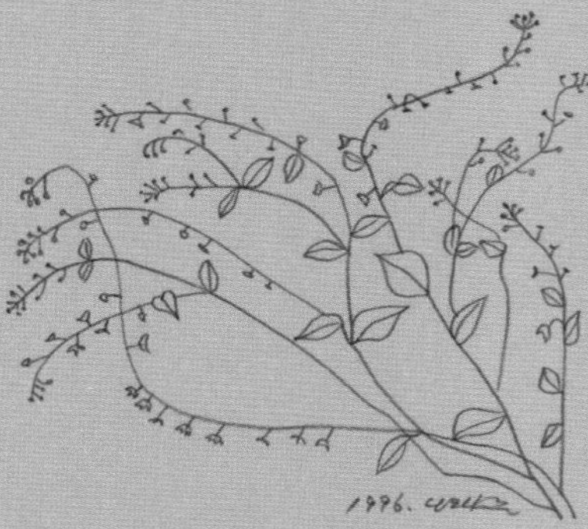
1996.